Tucholsky Wagner Zola Scott Sydow Freud Schlegel
Turgenev Wallace Fonatne

Twain Walther von der Vogelweide Fouqué Friedrich II. von Preußen
Weber Freiligrath Frey

Fechner Fichte Weiße Rose von Fallersleben Kant Ernst Richthofen Frommel

Fehrs Engels Fielding Hölderlin
Faber Flaubert Eichendorff Tacitus Dumas
Eliasberg Ebner Eschenbach

Feuerbach Maximilian I. von Habsburg Fock Zweig
Ewald Eliot Vergil

Goethe Elisabeth von Österreich London

Mendelssohn Balzac Shakespeare Dostojewski Ganghofer
Lichtenberg Rathenau Doyle Gjellerup
Trackl Stevenson Tolstoi Hambruch
Mommsen Thoma Lenz Hanrieder Droste-Hülshoff

Dach Verne von Arnim Hägele Hauff Humboldt
Reuter Rousseau Hagen Hauptmann Gautier
Karrillon Garschin Defoe Baudelaire
Damaschke Descartes Hebbel
Hegel Kussmaul Herder

Wolfram von Eschenbach Dickens Schopenhauer
Bronner Darwin Melville Grimm Jerome Rilke George
Campe Horváth Aristoteles Bebel Proust

Bismarck Vigny Barlach Voltaire Federer Herodot
Gengenbach Heine

Storm Casanova Tersteegen Grillparzer Georgy
Chamberlain Lessing Langbein Gilm Gryphius
Brentano Lafontaine
Strachwitz Claudius Schiller Kralik Iffland Sokrates
Katharina II. von Rußland Bellamy Schilling
Gerstäcker Raabe Gibbon Tschechow

Löns Hesse Hoffmann Gogol Wilde Gleim Vulpius
Luther Heym Hofmannsthal Morgenstern
Roth Klee Hölty Goedicke
Luxemburg Heyse Klopstock Puschkin Homer Kleist
La Roche Horaz Mörike Musil
Machiavelli Kierkegaard Kraft Kraus
Navarra Aurel Musset Moltke
Nestroy Marie de France Lamprecht Kind Kirchhoff Hugo

Nietzsche Nansen Laotse Ipsen Liebknecht
Marx Lassalle Gorki Klett Ringelnatz
von Ossietzky May Leibniz
vom Stein Lawrence Irving
Petalozzi Knigge
Platon Pückler Michelangelo Kock Kafka
Sachs Poe Liebermann Korolenko
de Sade Praetorius Mistral Zetkin

Der Verlag tredition aus Hamburg veröffentlicht in der Reihe **TREDITION CLASSICS** Werke aus mehr als zwei Jahrtausenden. Diese waren zu einem Großteil vergriffen oder nur noch antiquarisch erhältlich.

Symbolfigur für **TREDITION CLASSICS** ist Johannes Gutenberg (1400 — 1468), der Erfinder des Buchdrucks mit Metalllettern und der Druckerpresse.

Mit der Buchreihe **TREDITION CLASSICS** verfolgt tredition das Ziel, tausende Klassiker der Weltliteratur verschiedener Sprachen wieder als gedruckte Bücher aufzulegen – und das weltweit!

Die Buchreihe dient zur Bewahrung der Literatur und Förderung der Kultur. Sie trägt so dazu bei, dass viele tausend Werke nicht in Vergessenheit geraten.

Ueber die physiologischen Ursachen der musikalischen Harmonie

Hermann von Helmholtz

Impressum

Autor: Hermann von Helmholtz
Umschlagkonzept: toepferschumann, Berlin

Verlag: tredition GmbH, Hamburg
ISBN: 978-3-8424-9057-4
Printed in Germany

Hermann von Helmholtz

Ueber die physiologischen Ursachen der musikalischen Harmonie

Vorlesung gehalten in Bonn 1857

Hochgeehrte Versammlung!

In der Vaterstadt *Beethoven*'s, des gewaltigsten unter den Heroen der Tonkunst, schien mir zur Besprechung in einem grösseren Kreise kein Gegenstand geeigneter, als die Musik. Ich will daher, der Richtung folgend, die meine Arbeiten in der letzten Zeit genommen haben, versuchen Ihnen auseinander zu setzen, was Physik und Physiologie über die geliebteste Kunst des Rheinlandes, über Musik und musikalische Verhältnisse zu sagen wissen. Die Musik hat sich bisher mehr als jede andere Kunst der wissenschaftlichen Behandlung entzogen. Dichtkunst, Malerei und Bildhauerei entnehmen wenigstens das Material für ihre Schilderungen aus der Welt der Erfahrung; sie stellen Natur und Menschen dar. Nicht blos kann dieses ihr Material auf seine Richtigkeit und Naturwahrheit kritisch untersucht werden, sondern auch in der Erforschung der Gründe für das ästhetische Wohlgefallen, welches die Werke dieser Künste erregen, hat die wissenschaftliche Kunstkritik, wenn auch enthusiastische Seelen ihr dazu oft die Berechtigung bestreiten, unverkennbare Fortschritte gemacht. In der Musik dagegen behalten, wie es scheint, vorläufig noch diejenigen recht, welche die kritische »Zergliederung ihrer Freuden« von sich weisen. Diese Kunst, die ihr Material nicht aus der sinnlichen Erfahrung nimmt, die nicht die Aussenwelt zu beschreiben, nur ausnahmsweise sie nachzuahmen sucht, entzieht dadurch der wissenschaftlichen Betrachtung die meisten Angriffspunkte, welche die anderen Künste darbieten, und erscheint daher in ihren Wirkungen ebenso unbegreiflich und wunderbar, wie sie mächtig ist. Wir müssen und wollen uns deshalb vorläufig auf die Betrachtung ihres künstlerischen Materials, der Töne oder Tonempfindungen, beschränken. Es hat mich immer als ein wunderbares und besonders interessantes Geheimniss angezogen, dass gerade in der Lehre von den Tönen, in den physikalischen und technischen Fundamenten der Musik, die unter allen Künsten in ihrer Wirkung auf das Gemüth als die stoffloseste, flüchtigste und zarteste Urheberin unberechenbarer und unbeschreiblicher Stimmungen erscheint, die Wissenschaft des reinsten und consequentesten Denkens, die Mathematik, sich so fruchtbar erwies. Der Generalbass ist ja eine Art angewandter Mathematik; in der Abtheilung der Tonintervalle, der Tacttheile u. s. w. spielen die Verhältnisse ganzer Zahlen, – zuweilen sogar Logarithmen – eine hervorragende Rolle. Mathematik und Musik, der schärfste Gegensatz geistiger Thätigkeit, den man auffinden kann, und doch verbunden, sich unterstützend, als wollten sie die geheime Consequenz nachweisen, die sich durch alle Thätigkeiten unseres Geistes hinzieht, und die auch in den Offenbarungen des künstlerischen Genius uns unbewusste Aeusserungen geheimnissvoll wirkender Vernunftmässigkeit ahnen lässt.

Indem ich die physikalische Akustik vom physiologischen Standpunkte aus betrachtete, d. h. näher der Rolle nachging, welche dem Ohr in der Wahrnehmung der Töne zertheilt ist, schien sich manches in seinem Zusammenhange klarer darzustellen; und so will ich denn versuchen, ob ich Ihnen einiges von dem Interesse mittheilen kann, welches diese Fragen in mir erregt haben, indem ich Ihnen etliche Ergebnisse der physikalischen und physiologischen Akustik anschaulich zu machen suche.

Die Kürze der zugemessenen Zeit fordert, dass ich mich auf einen Hauptpunkt beschränke; ich will aber den wichtigsten herausgreifen, an welchem Sie zugleich am besten erkennen werden, welche Bedeutung und Ergebnisse wissenschaftliche Untersuchungen in diesem Gebiete haben können, nämlich die Frage nach dem *Grunde der Consonanz*. Thatsächlich steht fest, dass die Schwingungszahlen consonanter Töne immer im Verhältnisse kleiner ganzer Zahlen zu einander stehen. Aber warum? Was haben die Verhältnisse der kleinen ganzen Zahlen mit der Consonanz zu thun? Es ist dies eine alte Räthselfrage, die schon *Pythagoras* der Menschheit aufgegeben hat, und die bisher ungelöst geblieben ist. Sehen wir zu, ob wir sie mit den Hülfsmitteln der modernen Wissenschaft beantworten können.

Zuerst, was ist ein Ton? Schon die gemeine Erfahrung lehrt uns, dass alle tönenden Körper in Zitterungen begriffen sind. Wir sehen und fühlen dieses Zittern, und bei starken Tönen fühlen wir, selbst ohne den tönenden Körper zu berühren, das Schwirren der uns umgebenden Luft. Specieller zeigt die Physik, dass jede Reihe von hinreichend schnell sich wiederholenden Stössen, welche die Luft in Schwingung versetzt, in dieser einen Ton erzeugt.

Musikalisch wird der Ton, wenn die schnellen Stösse in ganz regelmässiger Weise und in genau gleichen Zeiten sich wiederholen, während unregelmässige Erschütterungen der Luft nur Geräusche geben. Die *Höhe* eines musikalischen Tones hängt von der Zahl solcher Stösse ab, die in gleicher Zeit erfolgen; je mehr Stösse in derselben Zeit, desto höher der Ton. Dabei stellt sich, wie bemerkt, ein enger Zusammenhang zwischen den bekannten, harmonischen, musikalischen Intervallen und der Zahl der Luftschwingungen heraus. Wenn bei einem Tone zweimal so viel Schwingungen in derselben Zeit geschehen, wie bei einem anderen, so ist er die höhere Octave dieses anderen. Ist das Verhältniss der Schwingungen in gleicher Zeit 2:3, so bilden beide Töne eine Quinte, ist es 4:5, so bilden sie eine grosse Terz.

Wenn Sie sich merken, dass die Anzahl der Schwingungen bei den Tönen des Duraccords **CEGC** im Verhältniss der Zahlen 4:5:6:8 steht, so können Sie daraus alle anderen Tonverhältnisse herleiten, indem Sie über jeden der genannten Töne sich einen neuen Duraccord gebaut denken, der dieselben Schwingungsverhältnisse zeigt. Die Zahl der Schwingungen ist, wie sich bei einer nach dieser Regel angestellten Berechnung ergiebt, innerhalb des Gebietes der hörbaren Töne ausserordentlich verschieden. Da die höhere Octave eines Tones zweimal so viele Schwingungen macht als ihr Grundton, so macht die zweit höhere viermal, die dritte achtmal so viele. Unsere neueren Pianofortes umfassen sieben Octaven; ihr höchster Ton macht deshalb 128 Schwingungen in derselben Zeit, in welcher ihr tiefster eine Schwingung vollführt.

Das tiefste **C**, das unsere Claviere zu haben pflegen, und das die sechszehnfüssigen offenen Pfeifen der Orgel geben, – die Musiker nennen es das Contra-C – macht 33 Schwingungen in der Secunde. Wir nähern uns bei ihm schon den Grenzen des Hörens. Sie werden bemerkt haben, dass diese Töne auf dem Pianoforte einen dumpfen, schlechten Klang haben; es ist schwer, ihre musikalische Höhe, die Reinheit ihrer Stimmung ganz scharf zu beurtheilen. Auf der Orgel ist das Contra-C etwas kräftiger als das der Saiten, aber auch hier fühlt sich das Ohr unsicher über die musikalische Höhe des Tones. Auf den grösseren Orgeln findet sich noch eine ganze Octave unter diesem Contra-C, bis zu einer 32füssigen Pfeife, die das nächst tiefere C von 16½ Schwingungen in der Secunde giebt; aber das Ohr empfindet diese Töne kaum noch als etwas anderes, denn als ein dumpfes Dröhnen, und je tiefer sie sind, desto deutlicher unterscheidet es in ihnen die einzelnen Luftstösse. Sie werden deshalb musikalisch auch nur zur Verstärkung des Tones der nächst höheren Octave gebraucht, dem sie den Eindruck grösserer Tiefe geben.

Mit Ausnahme der Orgel finden die übrigen musikalischen Instrumente, so verschiedene Mittel zur Tonerzeugung sie auch anwenden, die Grenze ihrer Tiefe sämmtlich ungefähr in derselben Gegend der Tonleiter wie das Clavier; nicht, weil es unmöglich wäre, langsamere Luftstösse von ausreichender Kraft hervorzubringen, sondern weil das *Ohr* seinen Dienst versagt, weil es langsamere Stösse eben nur als einzelne Stösse empfindet, sie aber nicht zu einem Tone zusammenfasst.

Die oft wiederholte Angabe des französischen Physikers *Savart*, dass er an einem besonders construirten Instrumente Töne von acht Schwingungen in der Secunde gehört habe, scheint auf einem Irrthum zu beruhen.

Nach der Höhe hin giebt man dem Pianoforte wohl einen Umfang bis zur siebenten Octave des Contra-C, dem sogenannten fünfgestrichenen C von 4224 Schwingungen in der Secunde. Von den Orchesterinstrumenten könnte nur die Piccoloflöte ebenso hoch, oder noch einen Ton höher gehen. Die Violine pflegt nur bis zu dem zunächst darunter liegenden E von 2640 Schwingungen in der Secunde gebraucht zu werden; abgesehen von den Kraftleistungen himmelstürmerischer Virtuosen, welche hier gern Motive suchen, um ihren Hörern neues und unerhörtes Herzweh zu bereiten. Solchen winken übrigens über dem fünfgestrichenen C noch drei ganze Octaven hörbarer und den Ohren höchst schmerzhafter Töne entgegen, wie *Despretz* nachgewiesen hat, der mittelst kleiner, mit dem Violinbogen gestrichener Stimmgabeln das achtgestrichene C von 32770 Schwingungen in der Secunde erreicht zu haben angiebt. Dort erst schien die Tonempfindung ihre Grenze zu erreichen, und auch hier waren in den letzten Octaven die Intervalle nicht mehr zu unterscheiden.

Die musikalische Höhe des Tones hängt nur von der Zahl der Luftschwingungen in der Secunde ab, nicht von der Art, wie sie hervorgebracht werden. Es ist gleichgültig, ob der Ton gebildet wird durch die schwingenden Saiten des Clavieres und der Violine, durch die Stimmbänder des menschlichen Kehlkopfs, durch die Metallzungen des Harmonium, die Rohrzungen der Clarinette, Oboe und des Fagotts, durch die Schwingung der Lippen des Blasenden im Mundstück der Blechinstrumente, oder durch die Brechung der Luft an den scharfen Lippen der Orgelpfeifen und Flöten.

Zwei Töne von gleicher Schwingungszahl sind immer gleich hoch, von welchem dieser Instrumente sie auch hervorgebracht werden mögen. Was die Note **A** des Claviers von der gleichen Note **A** der Violine, Flöte, Clarinette, Trompete unterscheidet, nennt man die Klangfarbe, auf die wir später noch zurückkommen.

Als ein interessantes Beispiel zur Erläuterung der hier vorgetragenen Sätze erlaube ich mir, Ihnen ein eigenthümliches physikalisches Tonwerkzeug vorzuführen, die sogenannte *Sirene*, Fig. 1 (a. f. S.), welches besonders geeignet ist, alles, was von den Verhältnissen der Schwingungszahlen abhängt, festzustellen.

Um Töne durch dieses Instrument hervorzubringen, werden die Zuleitungsröhren g_0 und g_1 durch Schläuche mit einem Blasebalg verbunden; die Luft tritt dann in die runden Messingkästen a_0 und $a_1$und durch die durchlöcherten Deckel dieser Kästen bei C_0 und c_1 wieder heraus. Die Löcher für die austretende Luft sind aber nicht ganz frei durchgängig, sondern unmittelbar vor den Deckeln der beiden Kästen befinden sich noch zwei ebenso durchlöcherte Scheiben, die an einer sehr leicht laufenden senkrechten Axe k befestigt sind. In der Figur sieht man bei c_0 nur die durchlöcherte Scheibe; unmittelbar unter ihr liegt die ebenso durchlöcherte Deckelplatte des Kastens. Am oberen Kasten bei c_1 sieht man nur den Rand der

Scheibe. Wenn nun die Löcher der Scheibe gerade vor den Löchern des Deckels stehen, dann kann die Luft frei austreten. Wenn aber die Scheibe gedreht wird, so dass undurchbrochene Stellen der Scheibe vor den Löchern des Kastens stehen, so ist ihr Austritt verhindert. Lassen wir nun die Scheiben schnell umlaufen, so wechselt fortdauernd Oeffnung und Schliessung der Ausflusslöcher des Kastens ; sind die Löcher offen, tritt Luft aus, sind sie geschlossen, wird die Luft zurückgehalten, und so zerfällt der continuirliche Luftstrom des Blasebalgs mittelst dieser Vorrichtung in eine Reihe von abgebrochenen Luftstössen, welche, wenn sie schnell genug auf einander folgen, sich zu einem Tone an einander reihen.

Jede von den drehbaren Scheiben dieses Instrumentes, welches complicirter gebaut ist als die bisherigen Instrumente ähnlicher Art und deshalb eine viel grössere Zahl von Toncombinationen erlaubt, hat vier Reihen Löcher, die untere mit 8, 10, 12, 18, die obere mit 9, 12, 15 und 16 Löchern. Die Löcherreihen in den Deckelplatten der Windkästen sind denen in den Scheiben ganz gleich; unter jeder von ihnen befindet sich aber noch ein ebenfalls durchlöcherter Ring, den man mittelst der Stifte *i i i i* entweder so stellen kann, dass die betreffende Löcherreihe der Deckelplatte frei mit dem Innern des Kastens communicirt, oder dass sie abgeschlossen wird. Man kann also jede beliebige von den acht Löcherreihen des Instruments einzeln, oder je zwei und je drei zusammen anblasen in willkürlicher Combination, indem man die Stifte *i i* beliebig verstellt.

Fig. 1.

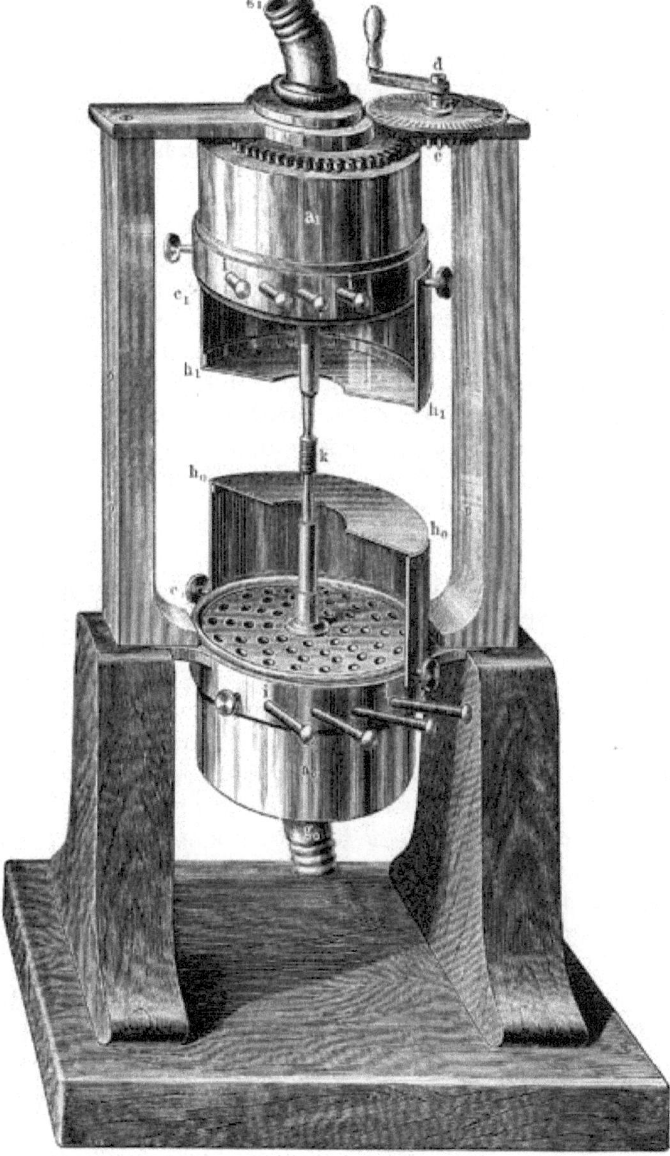

Die runden Kästen h_0h_0 und h_1h_1, die in der Figur nur halb gezeichnet sind, dienen dazu, durch ihre Resonanz den scharfen Ton milder und weicher zu machen.

Die Löcher in den Kästen und Scheiben sind schief eingebohrt, was zur Folge hat, dass, wenn man Luft in die Kästen eintreibt und eine oder einige Löcherreihen öffnet, der Luftstrom selbst die Scheiben herumtreibt und in immer schnellere und schnellere Bewegung versetzt.

Wenn man das Instrument anzublasen beginnt, hört man zuerst die einzelnen Luftstösse, welche puffend hervorbrechen, so oft die Löcher der Scheibe vor denen des Kastens vorbeipassiren. Diese Luftstösse folgen sich immer schneller und schneller, je mehr die Geschwindigkeit der drehenden Scheiben wächst, etwa wie die Dampfstösse einer Locomotive, die sich mit dem Eisenbahnzuge in Bewegung setzt; sie bringen dann zunächst ein Schwirren und Zittern hervor, welches immer hastiger und hastiger wird. Endlich entsteht ein dumpfer dröhnender Ton , der bei immer steigender Geschwindigkeit der Scheiben allmählich an Höhe und Stärke zunimmt.

Nehmen wir an, wir hätten endlich die Scheiben in solche Geschwindigkeit versetzt, dass sie 33 mal in der Secunde umlaufen, und wir hätten die Reihe mit acht Löchern geöffnet. Bei jeder einzelnen Umdrehung der Scheibe laufen alle acht Löcher dieser Reihe vor jedem einzelnen Loche des Kastens vorbei; also achtmal bei jeder einzelnen Umdrehung bricht ein Luftstrom aus dem Kasten hervor, und achtmal 33 oder 264 Luftstösse haben wir in der Secunde; das giebt uns das eingestrichene C unserer musikalischen Scala. Oeffnen wir dagegen die Reihe mit 16 Löchern, so haben wir doppelt so viel, nämlich 16 mal 33 oder 528 Schwingungen in der Secunde, und wir hören genau die höhere Octave jenes ersten C', nämlich das zweigestrichene C''. Oeffnen wir gleichzeitig die beiden Reihen von 8 und von 16 Löchern, so haben wir beide c zugleich und können uns überzeugen, dass wir den absolut reinen Zusammenklang einer Octave haben. Nehmen wir 8 und 12 Löcher, die das Verhältniss der Schwingungszahlen zwei zu drei ergeben, so giebt dieser Zusammenklang eine reine Quinte; 12 und 16, oder 9 und 12 geben Quarten, 12 und 15 geben eine grosse Terz, und so weiter.

Nun ist an dem Instrument aber auch noch eine Vorrichtung angebracht, um die Töne des oberen Kastens etwas höher oder niedriger zu machen. Dieser Kasten ist nämlich um seine Axe drehbar und mit einem Zahnrade verbunden, in den der an der Kurbel d befestigte Trieb eingreift. Dreht man nun die Kurbel langsam um, während eine Löcherreihe des oberen Kastens angeblasen wird, so wird der Ton etwas höher oder tiefer, je nachdem die Löcher des Kastens denen der Scheibe entgegengehen, oder in gleicher Richtung nachfolgen. Wenn sie entgegengehen, treffen sie schneller mit der nächstfolgenden Oeffnung der Scheibe zusammen, die Schwingungsdauer des Tones wird verkürzt, er wird höher. Das Umgekehrte geschieht, wenn sie nachfolgen.

Bläst man nun unten durch 8, oben durch 16 Löcher, so hat man eine reine Octave, so lange der obere Kasten stillsteht; so wie man ihn bewegt und dadurch die Höhe des oberen Tones etwas verändert, wird die Octave unrein.

Bläst man oben die Reihe von 12, unten die von 18 an, so hat man eine reine Quinte , so lange der obere Kasten stillsteht ; sowie man ihn bewegt, wird der Zusammenklang merklich schlechter.

Diese Versuche mit der Sirene lehren uns also:

1. Eine Reihe von Luftstössen, die hinreichend schnell auf einander folgen, geben einen Ton.

2. Je schneller sie auf einander folgen, desto höher wird der Ton.

3. Wenn das Verhältniss der Schwingungszahlen genau wie 1 zu 2 ist, so geben sie eine reine Octave; wenn es 2 zu 3 ist, eine reine Quinte, wenn es 3 zu 4 ist, eine reine Quarte u. s. w. Jede kleinste Veränderung dieser Verhältnisse beeinträchtigt die Reinheit der Consonanz.

Aus dem bisher Angeführten ersehen Sie, dass unser Ohr afficirt wird von Erschütterungen der Luft, deren Zahl in der Secunde innerhalb gewisser Grenzen liegt, nämlich zwischen etwa 20 und 32 000, und dass in Folge dieser Affection die Empfindung eines Tones entsteht.

Dass diese Empfindung eben eine Tonempfindung ist, beruht nicht auf der besonderen Art jener Lufterschütterungen, sondern nur in der besonderen Empfindungsweise unseres Ohres und unseres Hörnerven. Ich bemerkte schon vorher, dass wir das Zittern der Luft bei starken Tönen auch mit der Haut fühlen. So können auch Taubstumme die Luftbewegung, welche wir Schall nennen, wahrnehmen; aber sie hören sie nicht, d. h. sie haben dabei keine Tonempfindung im Ohr, sondern sie fühlen sie durch die Hautnerven und zwar in deren besonderer Empfindungsweise, als Schwirren. Auch die Grenzen der Schwingungsdauer, innerhalb deren das Ohr die Luftzitterung als Schall empfindet, hängen von der Eigenthümlichkeit des Ohres ab.

Wenn die Sirene langsam umläuft und die Luftstösse deshalb langsam erfolgen, hören Sie noch keinen Ton. Wenn sie schneller und schneller läuft, wird dadurch in der Art der Lufterschütterungen nichts Wesentliches geändert; ausserhalb des Ohres kommt dabei nichts Neues hinzu, sondern, was neu hinzukommt, ist nur die Empfindung des Ohres, welches nun erst anfängt, von den Lufterschütterungen erregt zu werden; eben deshalb geben wir den schnelleren Luftzitterungen einen neuen Namen und nennen sie Schall. Wenn Sie Paradoxen lieben, können Sie sagen, die Luftzitterung wird zum Schalle, erst wenn sie das hörende Ohr trifft.

Ich muss Ihnen jetzt weiter die Ausbreitung des Schalles durch den Luftraum beschreiben. Die Bewegung der Luftmasse, wenn ein Ton durch sie hineilt, gehört zu den sogenannten Wellenbewegungen, einer in der Physik sehr wichtigen Klasse von Bewegungen. Denn ausser dem Schalle ist auch das Licht eine Bewegung derselben Art.

Der Namen ist vom Vergleich mit den Wellen der Oberfläche unserer Gewässer hergeleitet, und wir werden uns an diesen auch die Eigenthümlichkeiten einer solchen Bewegung am leichtesten anschaulich machen können.

Wenn wir einen Punkt in einer ruhenden Wasserfläche in Erschütterung versetzen, z. B. einen Stein hineinwerfen, so pflanzt sich die Bewegung, welche wir hervorgerufen haben, in Form kreisförmig sich verbreitender Wellen über die Oberfläche des Wassers fort. Der Wellenkreis wird immer grösser und grösser, während an dem ursprünglich getroffenen Punkte schon wieder Ruhe hergestellt ist; dabei werden die Wellen immer niedriger, je mehr sie sich von ihrem Mittelpunkte entfernen, bis sie allmählich verschwinden. Wir unterscheiden an einem solchen Wellenzuge hervorragende Theile, die Wellenberge, und eingesenkte, die Wellenthäler.

Einen Wellenberg und ein Wellenthal zusammengenommen nennen wir eine Welle; wir messen deren Länge vom Gipfel des einen Wellenberges bis zum Gipfel des nächsten.

Während die Welle über die Oberfläche der Flüssigkeit hinläuft, bewegen sich nicht etwa die Wassertheilchen, aus denen sie besteht, mit ihr fort. Wir können das leicht erkennen, wenn ein Hälmchen auf dem Wasser schwimmt. Die Wellen, welche es erreichen, heben es und senken es, aber, wenn sie vorübergezogen sind, ist das Hälmchen nicht merklich von seiner Stelle gerückt.

Ein schwimmendes leichtes Körperchen macht aber nur die Bewegungen mit, welche die benachbarten Wassertheilchen machen. Wir schliessen daraus, dass auch diese nicht der Welle gefolgt, sondern, nach einigem Hin- und Herschwanken, an ihrem ersten Platze geblieben sind. Was sich also als Welle fortbewegt, sind nicht die Wassertheilchen selbst, sondern es ist nur eine Form der Oberfläche, die sich fort und fort aus neuen Wassertheilchen aufbaut. Die Bahnen der einzelnen Wassertheilchen sind vielmehr in sich geschlossene senkrecht stehende Kreisbahnen, in denen jene fortdauernd mit nahezu gleichförmiger Geschwindigkeit umlaufen, so lange Wellen über sie weggehen.

Fig. 2.

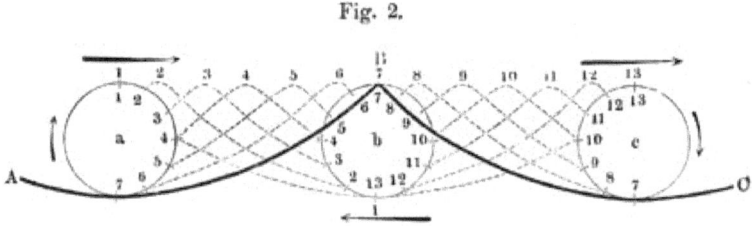

In Fig. 2 (a. f. S.) bezeichnet die starke Wellenlinie **ABC** einen Querschnitt der Wasseroberfläche, über welche Wellen hinlaufen, in Richtung der beiden Pfeile über **a** und **C**. Die drei Kreise **a**, **b** und **C**

bezeichnen die Bahnen gewisser Wassertheilchen der Wellenoberfläche, und zwar befindet sich das im Kreise **b** umlaufende Theilchen zur Zeit, wo die Wasserfläche die Gestalt **ABC** hat, in *B*, dem höchsten Punkte seiner Bahn; die Theilchen dagegen, die in den Kreisen *a* und **C** umlaufen, gleichzeitig in den tiefsten Punkten. Die betreffenden Wassertheilchen laufen in diesen Kreisen in der Richtung um, welche die Pfeile andeuten. Die punktirten Curven bezeichnen andere Lagen der sich fortbewegenden Wellen, welche der Lage **ABC** in gleichen Zwischenzeiten theils vorausgegangen (wie die Gipfel zwischen *a* und **b**), theils nachgefolgt sind (wie die Gipfel zwischen *b* und **C**). Die Lagen der Wellenberge selbst sind mit Ziffern versehen; die gleichen Ziffern in den Kreisen zeigen an, wo sich zur Zeit der betreffenden Lage der Welle die in diesen Kreisen umlaufenden Wassertheilchen befanden. Man sieht wie diese in den Kreisen um gleiche Bögen fortrücken, während sich die Wellenberge parallel der Wasserfläche um gleiche Strecken fortbewegen.

Im Kreise *b* sieht man ferner, wie das Wassertheilchen in seinen Lagen 1, 2, 3 den ankommenden Wellenbergen 1, 2, 3 entgegeneilt und an ihrer Vorderseite aufsteigt, dann von 4 bis 7 von dem Berge in der Richtung seiner Fortbewegung mitgenommen wird, und endlich bei 7 seinen Gipfel erreicht, dann aber hinter diesem zurückbleibt, an seiner Rückseite wieder herabsinkt, und endlich bei 13 seinen ersten Ort wieder erreicht[1]

Alle Punkte der Wasseroberfläche beschreiben, wie Sie an dieser Zeichnung sehen, gleich grosse Kreise; die Wassertheilchen der Tiefe bewegen sich ebenso; nur dass die Kreisbahnen, in denen sie sich bewegen, nach der Tiefe hin schnell an Grösse abnehmen.

Auf solche Weise entsteht also der Schein einer fortschreitenden Bewegung längs der Oberfläche, während doch die bewegten Massentheilchen selbst sich nicht mit den Wellen fortbewegen, sondern fortdauernd in ihrer engen Kreisbahn umlaufen.

---

[1] In der Vorlesung wurde Fig. 2 durch ein bewegliches Modell ersetzt, in welchem die beweglichen und durch Fäden verbundenen Punkte wirklich in Kreisen umliefen, während die verbindenden elastischen Fäden die Wasseroberfläche darstellten.

Um nun von den Wasserwellen auf die Schallwellen zurück zu kommen, denken Sie sich statt des Wassers eine zusammendrückbare elastische Flüssigkeit, wie die Luft und die Wasserwellen durch eine auf die Oberfläche gelegte feste Platte niedergedrückt, so aber, dass die Flüssigkeit dem Druck nirgend seitlich ausweicht. Unter den Wellenbergen, wo am meisten Flüssigkeit sich befindet, wird sie dabei am stärksten verdichtet werden; in den Wellenthälern weniger. Sie bekommen also jetzt statt der Wellenberge verdichtete, statt der Wellenthäler weniger dichte Luftschichten. Nun stellen Sie sich vor, dass diese plattgepressten Wellen sich ebenso fortpflanzten wie vorher, und dass auch die senkrechten Kreisbahnen der einzelnen Wassertheilchen in horizontale gerade Linien zusammengepresst seien. So bleibt denn auch für die Schallwellen die Eigenthümlichkeit bestehen, dass die Lufttheilchen in ihrer geradlinigen Bahn nur hin und her schwanken, während die Welle selbst eine sich fortpflanzende Bewegungsform ist, die sich fortdauernd aus neuen Lufttheilchen zusammensetzt. Damit hätten wir zunächst Schallwellen, die sich von ihrem Mittelpunkte in horizontaler Richtung ausbreiten.

Aber die Ausbreitung der Schallwellen ist nicht, wie die der Wasserwellen, auf eine horizontale Fläche beschränkt, sondern sie findet nach allen Richtungen in den Raum hinein statt. Denken Sie die Kreise, welche ein in das Wasser geworfener Stein erzeugt, nach allen Richtungen des Raumes hin auslaufend, so werden daraus kugelförmige Luftwellen, in denen sich der Schall verbreitet.

Wir können also fortfahren, uns an dem Bilde der Wasserwellen die Eigenthümlichkeiten der Schallbewegung anschaulich zu machen.

Die Länge der Wasserwellen (d. h. von Wellenberg zu Wellenberg gemessen) ist ausserordentlich verschieden, von den kleinen Kräuselungen der Oberfläche, wie sie ein fallender Tropfen oder ein leichter Windhauch auf der spiegelnden Fläche erregt, bis zu den Wellen, die den Schweif eines Dampfschiffes bildend, einen Schwimmer oder einen Kahn schon tüchtig zu schaukeln vermögen, und von diesen wieder bis zu den Wogen des zürnenden Oceans, in deren Thälern Linienschiffe mit der Länge ihres Kiels Platz finden, und deren Berggipfel nur der überschauen kann, der in die Masten emporgestiegen ist. Aehnliche Unterschiede finden wir bei den Schallwellen. Die kleinen Kräuselungen des Wassers von geringer Wellenlänge entsprechen den hohen Tönen, die langen Meereswogen den tiefen. Das Contra-**C** z. B. hat Wellen von 35 Fuss Länge, seine höhere Octave halb so lange, während die höchsten Claviertöne nur 3 Zoll lange Wellen geben.

Sie sehen, dass die Länge der Wellen mit der Höhe des Tones zusammenhängt; ich füge hinzu, dass die Höhe der Wellenberge oder auf die Luft übertragen, die Stärke der abwechselnden Verdichtungen und Verdünnungen, der Stärke und Intensität des Tones entspricht. Aber Wellen von gleicher Höhe können auch eine verschiedene Form haben. Die Gipfel ihrer Berge können z. B. abgerundet oder spitz sein. Entsprechende Verschiedenheiten können auch bei Schallwellen von gleicher Tonhöhe und Stärke vorkommen; bei ihnen ist die Klangfarbe das, was der Form bei den Wasserwellen entspricht. Man überträgt den Begriff der Form von den Wasserwellen auch auf die Schallwellen.

Denken Sie sich Wasserwellen *verschiedener* Form plattgedrückt, so wird zwar die geebnete Oberfläche nun keine Formverschiedenheit mehr zeigen, aber im Inneren der Wassermasse werden wir verschiedene Arten von Vertheilung des Druckes und der Dichtigkeit haben, die den Formverschiedenheiten der ungepressten Oberfläche entsprechen.

In diesem Sinne können wir also auch von einer Form der Schallwellen sprechen und sie darstellen. Wir lassen die Curve sich heben, wo der Druck wächst, sich senken, wo er abnimmt; gleichsam als hätten wir unterhalb der Curve eine zusammengepresste Flüssigkeit, die sich bis zur Höhe der Curve ausdehnen müsste, um ihre natürliche Dichtigkeit zu erreichen.

Bisher können wir leider erst in sehr wenigen Fällen Rechenschaft von den Formen der Schallwellen geben, die den Klangfarben verschiedener tönender Körper entsprechen.

Unter den Schallwellen, die wir genauer zu bestimmen vermögen, ist eine Form von grosser Wichtigkeit, welche wir die *einfache* oder *reine* Wellenform nennen können; sie ist dargestellt in Fig. 3.

Fig. 3.

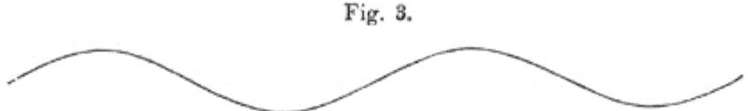

Bei Wasserwellen sieht man sie nur, wenn sie im Vergleich zu ihrer Länge verhältnissmässig niedrig sind, und wenn sie über eine spiegelnde Wasserfläche, ohne störende äussere Einflüsse und ohne vom Winde gebläht zu sein, ablaufen. Berg und Thal sind sanft abgerundet, gleich breit und symmetrisch, so dass die Berge, wenn man sie umgekehrt in die Thäler legte, gerade hinein passen würden. Bestimmter zu charakterisiren wäre diese Wellenform dadurch, dass die Wassertheilchen in genau kreisförmigen Bahnen von geringem Durchmesser mit genau gleichförmiger Geschwindigkeit umlaufen. Dieser einfachen Wellenform entspricht eine Art von Tönen, die wir, aus nachher anzuführenden Gründen, in Bezug auf ihre Klangfarbe *einfache* Töne nennen wollen. Solche Töne erhalten wir, indem wir eine angeschlagene Stimmgabel vor die Mündung einer gleich gestimmten Resonanzröhre halten. Auch scheint der Ton klangvoller menschlicher Stimmen, welche in ihren mittleren Lagen den Vocal **U** singen, sich nicht sehr weit von dieser Wellenform zu entfernen.

Ausserdem kennt man die Bewegungsgesetze der Saiten genau genug, um in einigen Fällen die Bewegungsform, die sie der Luft mittheilen, bestimmen zu können. So stellt zum Beispiel Fig. 4 die Formen dar, welche eine mit einem spitzen Stift gerissene Saite, wie die einer Zither, nach einander annimmt. **Aa** stellt die Form der Saite dar, welche sie in dem Moment des Anschlags annimmt, dann folgen nach gleichen Zwischenzeiten die Formen **B, C, D, E, F, G,** dann wieder rückwärts **F, E, D, C, B, A,** und so fort sich immer wiederholend. Die Bewegungsform, welche von einer solchen Saite mittelst des Resonanzbodens an die Luft übertragen wird, entspricht etwa der in Fig. 5 dargestellten gebrochenen Linie, wobei **hh** der Gleichgewichtslage entspricht, und die Buchstaben **abcdefg** die Stellen der Wellenlinie bezeichnen, die durch die Wirkung der einzelnen in Fig. 4 durch entsprechende grosse Buchstaben bezeichneten Saitenformen hervorgebracht werden.

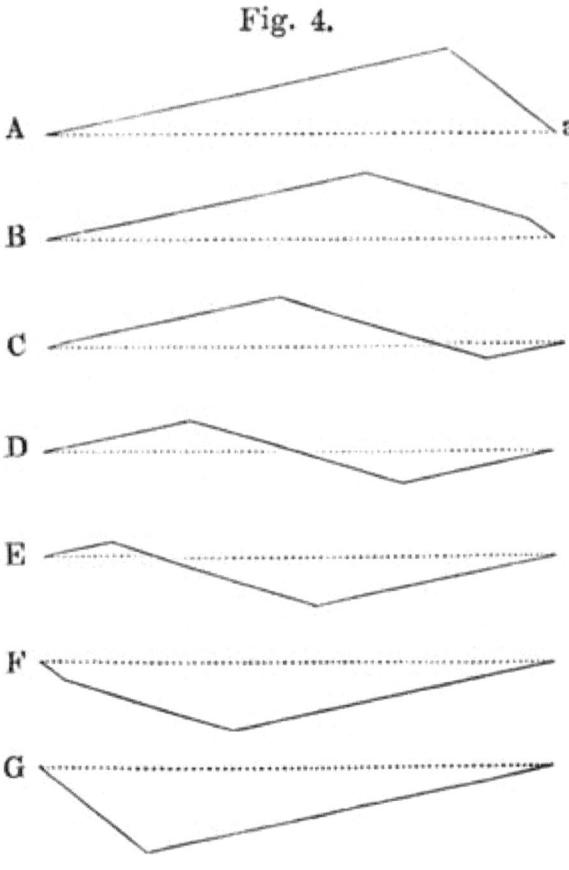

Fig. 4.

Man sieht leicht, wie, auch abgesehen von der Grösse, die Form dieser Wellen (die auf einer Wasserfläche allerdings nicht würden vorkommen können) abweicht von der Fig. 3, indem die Saite nur eine Reihe kurzer und abwechselnd nach entgegengesetzten Seiten gerichteter Stösse auf die Luft überträgt[2]

---

[2] Es ist hierbei angenommen, dass der Resonanzboden und die ihn berührende Luft dem Zuge, den das Ende der Saite ausübt, unmittelbar folgen, ohne eine merkliche Rückwirkung auf die Bewegung der Saite auszuüben.

Fig. 5.

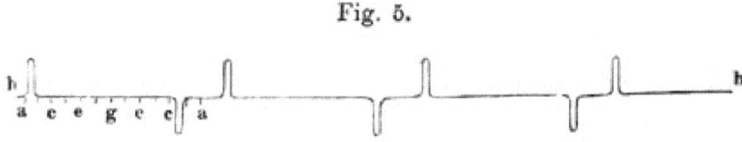

Die Luftwellen, welche durch den Ton einer Violine hervorgebracht werden, würden bei entsprechender Darstellungsweise
durch die Curve Fig. 6 darzustellen sein. Während jeder Schwin-
gungsperiode wächst der Druck gleichmässig, und fällt am Ende
derselben plötzlich wieder auf sein Minimum.

Fig. 6.

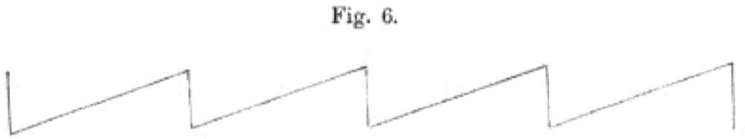

Solchen Verschiedenheiten der Tonwellenform entspricht also die
Verschiedenheit der Klangfarbe; ja wir können den Vergleich noch
weiter treiben. Je gleichmässiger gerundet die Wellenform ist, desto
weicher und milder die Klangfarbe; je abgerissener und eckiger die
Wellenform, desto schärfer der Klang. Die Stimmgabeln mit ihrer
rundlichen Wellenform, Fig. 3, haben einen ausserordentlich wei-
chen Klang, der Klang von Zither und Violine zeigt ähnliche Schärfe
wie ihre Wellenformen, Fig. 5 und 6.

Endlich möchte ich nun Ihre Aufmerksamkeit noch einem lehr-
reichen Schauspiele zulenken, das ich nie ohne ein gewisses physikalisches Vergnügen gesehen habe, weil es dem körperlichen Auge
auf der Wasserfläche anschaulich macht, was sonst nur das geistige
Auge des mathematischen Denkers in der von Schallwellen durch-
kreuzten Luft erkennen kann. Ich meine das Uebereinanderliegen
von vielen verschiedenen Wellensystemen, deren jedes einzelne
seinen Weg ungestört fortsetzt. Wir können es von jeder Brücke aus
auf der Oberfläche unserer Flüsse sehen, am erhabensten und
reichsten aber, wenn wir auf einem hohen Punkte am Meeresufer
stehen.

An den steilen, waldreichen Küsten des Samlandes, wo den Bewohnern Ostpreussens das Meer die Stelle der Alpen vertritt, habe ich oftmals Stunden mit seiner Betrachtung verbracht.

Selten fehlt es dort an verschieden langen, nach verschiedener Richtung hin sich fortpflanzenden Wellensystemen in unabsehbarer Zahl. Die längsten pflegen vom hohen Meer gegen das Ufer zu laufen; kürzere entstehen, wo die grösseren brandend zerschellen, und laufen wieder hinaus in das Meer. Vielleicht stösst noch ein Raubvogel nach einem Fische und erregt ein System von Kreiswellen, die, über die anderen hin, auf der wogenden Fläche schaukelnd, sich so regelmässig erweitern, wie auf dem stillen Spiegel eines Landsees. So entfaltet sich vor dem Beschauer von dem fernen Horizonte her, wo zuerst, aus der stahlblauen Fläche auftauchend, weisse Schaumlinien die herankommenden Wellenzüge verrathen, bis zu dem Strande unter seinen Füssen, wo sie ihre Bogen auf den Sand zeichnen, ein erhabenes Bild unermesslicher Kraft und immer wechselnder Mannigfaltigkeit. Aber diese verwirrt nicht, sondern sie fesselt und erhebt den Geist, da das Auge Ordnung und Gesetz leicht in ihr erkennt.

Ebenso müssen Sie sich nun die Luft eines Concert- oder Tanzsaales von einem bunten Gewimmel gekreuzter Wellensysteme, nicht bloss in der Fläche, sondern nach allen ihren Dimensionen, durchschnitten denken. Von dem Munde der Männer gehen weitgedehnte 6- bis 12füssige Wellen aus, kürzere 1½-bis 3füssige von den Lippen der Frauen. Das Knistern der Kleider erregt kleine Kräuselungen der Luft; jeder Ton des Orchesters entsendet seine Wellen, und alle diese Systeme verbreiten sich kugelförmig von ihrem Ursprungsorte, schiessen durcheinander, werden von den Wänden des Saales reflectirt, und laufen hin und wieder, bis sie endlich, von neu entstandenen übertönt, erlöschen.

Wenn dieses Schauspiel nun auch dem körperlichen Auge verhüllt bleibt, so kommt uns ein anderes Organ zu Hülfe, um uns Kunde davon zu geben, nämlich das Ohr. Es zerlegt das Durcheinander der Wellen, welches in einem solchen Falle viel verwirrender sein würde als die Durchkreuzung der Meereswogen, wieder in die einzelnen Töne, die es zusammensetzen. Es unterscheidet die Stimmen der Männer, der Frauen, ja der einzelnen Individuen, die

Klänge der verschiedenen musikalischen Instrumente, das Rauschen der Kleider, die Fusstritte und so weiter.

Wir müssen näher erörtern, was dabei geschieht. Wenn, wie wir vorher annahmen, auf die wogende Meeresfläche ein Raubvogel stösst, so entstehen Wellenringe, die sich auf der bewegten Fläche so langsam und regelmässig ausbreiten, wie auf der ruhenden. Diese Ringe werden in die gekrümmte Oberfläche der Wogen genau ebenso hineingeschnitten, wie sonst in die ebene des ruhenden Wasserspiegels. Die Form der Wasseroberfläche wird in diesen wie in anderen verwickelteren Fällen dadurch bestimmt, dass die Höhe jedes Punktes gleich wird der Höhe sämmtlicher, in diesem Augenblicke dort zusammentreffender Wellenberge zusammengenommen, wovon abzuziehen ist die Summe aller dort gleichzeitig hintreffenden Wellenthäler. Man nennt eine solche Summe positiver Grössen (der Wellenberge) und negativer (der Wellenthäler),– welche letzteren, statt sich zu summiren, abzuziehen sind – eine *algebraische Summe*, und kann in diesem Sinne sagen: *die Höhe jedes Punktes der Wasserfläche wird gleich der algebraischen Summe aller Wellentheile, die gleichzeitig dort zusammentreffen.*

Bei den Schallwellen ist es nun ähnlich. Auch sie summiren sich an jeder Stelle des Luftraumes, sowie am Ohr des Hörenden. Auch bei ihnen wird die Verdichtung und die Geschwindigkeit der Luftheilchen im Gehörgange gleich der algebraischen Summe der einzelnen Werthe der Verdichtung und Geschwindigkeit, welche den Schallwellenzügen, einzeln genommen, zukommen. Diese eine Bewegung der Luft, welche durch das Zusammenwirken verschiedener tönender Körper entsteht, muss nun das Ohr wieder in Theile zerlegen, welche den Einzelwirkungen entsprechen. Dabei befindet es sich unter viel ungünstigeren Bedingungen als das Auge, welches die ganze wogende Fläche auf einmal überschaut, während das Ohr natürlich nur die Bewegung der ihm zunächst benachbarten Luftheilchen wahrnehmen kann. Und doch löst das Ohr jene Aufgabe mit der grössten Genauigkeit, Sicherheit und Bestimmtheit. Es muss also die Fähigkeit haben, alle die einzelnen zusammenwirkenden Töne aus der Bewegung eines einzigen Punktes im Luftraume herauszufinden.

Für die Erklärung dieser wichtigen Fähigkeit des Ohres scheinen neuere anatomische Entdeckungen eine Aussicht zu gewähren.

Sie werden Alle schon an musikalischen Instrumenten, namentlich an Saiten, das Phänomen des Mittönens wahrgenommen haben. Die Saite eines Pianoforte z. B., deren Dämpfer man aufgehoben hat, geräth in Schwingung, sobald ihr eigener Ton in der Nähe und stark genug angegeben wird. Hört der erregende Ton auf, so hört man denselben Ton auf der Saite noch eine Weile nachklingen. Legt man Papierschnitzelchen auf die Saite, so werden sie abgeworfen, sobald ihr Ton angegeben wird. Das Mittönen der Saite beruht darauf, dass die schwingenden Lufttheilchen gegen die Saite und ihren Resonanzboden stossen.

Jeder *einzelne* Wellenberg der Luft, der an der Saite vorbeigeht, wirkt allerdings zu schwach, um eine merkliche Bewegung der Saite hervorzubringen. Wenn aber eine lange Reihe von Wellenbergen so auf die Saite stossen, dass jeder folgende die kleine Erschütterung vermehrt, welche die vorigen zurückgelassen haben, so wird die Wirkung endlich merkbar. Es ist ein Vorgang derselben Art, wie bei einer Glocke von ungeheurem Metallgewicht, die sich unter dem Stosse des kräftigsten Mannes kaum merklich bewegt, während ein Knabe sie allmählich in die gewaltigsten Schwingungen zu versetzen vermag, indem er taktmässig in demselben Rhythmus, wie die Glocke ihre Pendelschwingungen vollführt, an dem Stricke zieht.

Diese eigenthümliche Verstärkung der Schwingungen hängt hierbei ganz wesentlich von dem Rhythmus ab, in welchem der Zug ausgeübt wird. Ist die Glocke einmal in Pendelschwingungen von mässiger Breite versetzt worden, und zieht der Knabe am Seile immer gerade in der Zeit, wo das Seil sich senkt, und wo sein Zug der schon vorhandenen Bewegung der Glocke gleichgerichtet ist, so wird jeder Zug diese Bewegung, wenn auch nur wenig, verstärken; allmählich wird sie aber dadurch zu einer beträchtlichen Grösse anwachsen.

Wollte der Knabe in unregelmässigen Zwischenzeiten seine Kraft anwenden, bald so, dass er die Glockenbewegung dadurch verstärkte, bald so, dass er ihr entgegenarbeitete, so würde er keinen erheblichen Erfolg hervorbringen.

Wie der Knabe die Glocke, so können auch die Zitterungen der leichten und leicht beweglichen Luft die schwere und feste Stahlmasse einer Stimmgabel in Bewegung setzen, wenn der Ton, der in der Luft erregt wird, genau im Einklange mit dem der Gabel ist; weil auch in diesem Falle jeder Anprall einer Luftwelle gegen die Gabel die von den vorausgehenden Stössen ähnlicher Art erregte Bewegung verstärkt.

Am besten benutzt man eine Gabel, die, wie Fig. 7 (a. f. S.), auf einem Resonanzboden befestigt ist, und erregt den Ton in der Luft durch eine zweite Gabel ähnlicher Art von genau gleicher Stimmung. Schlägt man die eine an, so findet man nach wenigen Secunden auch die zweite tönend. Dämpft man den Ton der ersten Gabel, indem man ihre Zinken einen Augenblick mit dem Finger berührt, so unterhält die zweite den Ton. Nun bringt aber die zweite wiederum die erste in Mitschwingung und so fort. Klebt man aber nur ein wenig Wachs auf die Enden der einen Gabel, wodurch ihre Tonhöhe für das Ohr kaum merklich von der der anderen Gabel abweichend gemacht wird, so hört das Mitschwingen der zweiten Gabel auf, weil die Schwingungszeiten nicht mehr gleich sind. Es werden also die Stösse, welche die von der einen Gabel erregten Luftschwingungen auf den Resonanzboden der anderen hervorbringen, zwar eine Zeit lang den Bewegungen dieser zweiten Gabel gleichsinnig sein und sie deshalb verstärken, nach kurzer Zeit aber aufhören es zu sein und deshalb die vorher gemachte Wirkung wieder zerstören.

Fig. 7.

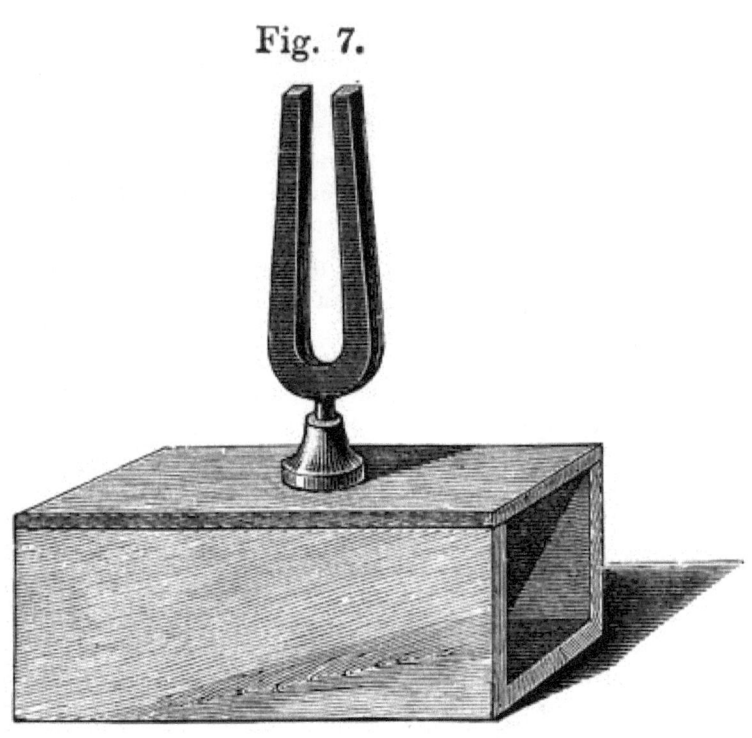

Bei leichteren und beweglicheren tonfähigen Körpern, z. B. den Saiten, wird eine geringere Zahl von Luftstössen schon hinreichen, sie in Bewegung zu setzen. Solche Körper werden deshalb viel leichter als Stimmgabeln in Mitschwingung versetzt, auch bei einem weniger genauen Einklange des erregenden und des eigenen Tones. Wenn neben einem Clavier mehrere Töne gleichzeitig angegeben werden, so kann jede einzelne Claviersaite immer nur dann mitschwingen, wenn unter den angegebenen Tönen ihr eigener Ton ist. Denken Sie sich den ganzen Dämpfer des Claviers gehoben und auf allen Saiten Papierschnitzel gelegt, welche abfliegen sollen, sowie die Saite erschüttert wird; denken Sie sich nun mehrere menschliche Stimmen oder Instrumente in der Nähe ertönend, so werden die Schnitzel von *allen denjenigen* und *nur* von *denjenigen* Saiten abfliegen, deren Ton angegeben wird. Sie sehen, dass also auch das Clavier das Wellengewirre der Luft in seine einzelnen Bestandtheile auflöst. Was in unserem Ohr in demselben Falle geschieht, ist vielleicht dem eben beschriebenen Vorgange im Clavier sehr ähnlich.

In der Tiefe des Felsenbeines, in welches unser inneres Ohr hineingehöhlt ist, findet sich nämlich ein besonderes Organ, die Schnecke. Dasselbe wird so genannt, weil es eine mit Wasser gefüllte Höhlung bildet, welche der inneren Höhlung des Gehäuses unserer gewöhnlichen Weinbergschnecke durchaus ähnlich ist. Nur ist der Gang der Schnecke in unserem Ohre, seiner ganzen Länge nach, durch zwei in der Mitte seiner Höhe ausgespannte Membranen in drei Abtheilungen, eine obere, eine mittlere und eine untere geschieden. In der mittleren Abtheilung sind durch den Marchese *Corti* sehr merkwürdige Bildungen entdeckt worden: unzählige, mikroskopisch kleine Plättchen, welche, wie die Tasten eines Claviers, regelmässig neben einander' liegend, an ihrem einen Ende mit den Fasern des Hörnerven in Verbindung stehen, an ihrem anderen der ausgespannten Membran anhängen.

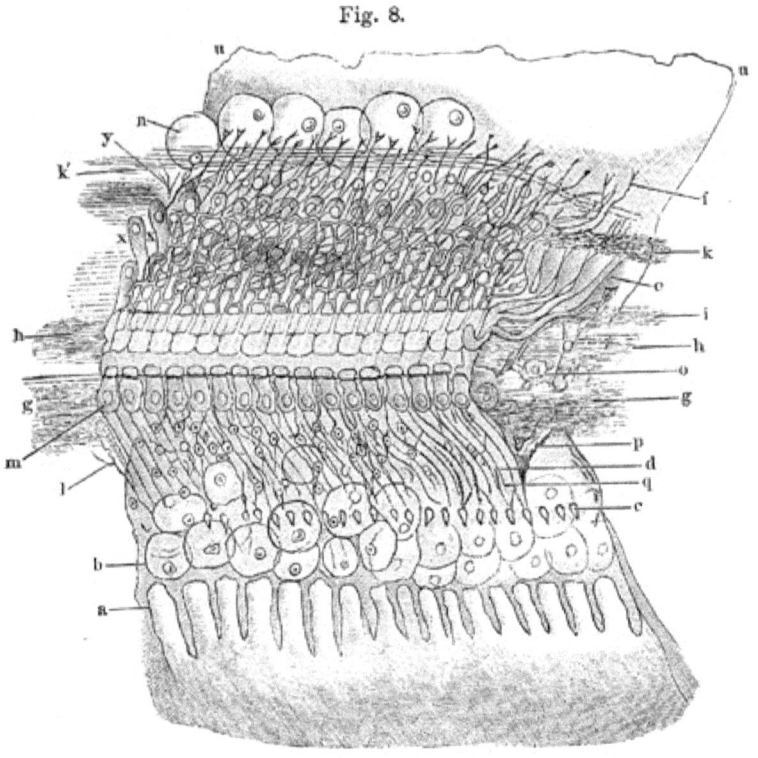

Fig. 8.

Fig. 8 zeigt diese ausserordentlich verwickelten Einrichtungen von einem Theil der Schneckenscheidewand. Die Bögen, welche bei **d** die Membran verlassen, bei **e** sich wieder an sie festsetzen und zwischen **m** und **o** ihre grösste Höhe erreichen, sind wahrscheinlich die schwingungsfähigen Gebilde. Sie sind umsponnen von unzähligen Fäserchen, unter denen Nervenfasern erkennbar sind, die durch die Löcher bei *c* an sie herantreten. Auch die querlaufenden Fasern bei **g h i k**, die Zellen bei *o* scheinen dem Nervensystem anzugehören.

Solcher Bögen *d e* liegen etwa 3000 auf der ganzen Länge von der Scheidewand der Schnecke, wie die Tasten eines Claviers, regelmässig neben einander.

Neuerdings sind nun auch in dem anderen Theile des Gehörorganes, dem sogenannten Vorhofe, wo die Nerven sich auf häutigen, im Wasser schwimmenden Säckchen verbreiten, elastische Anhängsel der Nervenenden gefunden worden. Sie haben die Form steifer Härchen. Darüber, dass diese Gebilde durch die zum Ohr geleiteten Schallerschütterungen in Mitschwingung versetzt werden, lässt ihre anatomische Anordnung kaum einen Zweifel. Stellen wir weiter die Vermuthung auf, die freilich vorläufig nur Vermuthung bleibt, mir aber bei genauer Ueberlegung der physikalischen Leistungen des Ohres sehr wahrscheinlich erscheint, dass jedes solches Anhängselchen, ähnlich den Saiten des Claviers, auf einen Ton abgestimmt ist, so sehen Sie, nach dem Beispiel des Claviers, dass nur, wenn dieser Ton erklingt, das betreffende Gebilde schwingen und die zugehörige Nervenfaser empfinden kann, und dass die Gegenwart jedes einzelnen solchen Tones in einem Tongewirr auch stets durch die entsprechende Empfindung angezeigt werden muss.

Das Ohr kann also, der Erfahrung nach, zusammengesetzte Luftbewegungen in ihre Theile zerlegen.

Unter zusammengesetzten Luftbewegungen haben wir bisher solche verstanden, die durch Zusammenwirkung mehrerer gleichzeitig tönender Körper entstanden waren. Da nun die Form der Tonwellen der verschiedenen musikalischen Instrumente verschieden ist, so wird es vorkommen können, dass die Schwingungsart der Luft, die *ein* solcher Ton im Gehörgange erregt, genau gleich ist der Schwingungsart, welche in einem anderen Falle von zwei oder mehreren anderen zusammenwirkenden Instrumenten im Gehörgange erzeugt wird. Wenn das Ohr im letzteren Falle die Bewegung in einzelne Theile zerlegt, wird es nicht umhin können, dasselbe auch im ersteren Falle zu thun, wobei der Ton nur aus *einer* Tonquelle herstammt. Und in der That geschieht dies.

Ich erwähnte vorher der Wellenform mit sanft abgerundeten Thälern und Bergen, welche ich die einfache oder reine nannte. In Bezug auf diese hat der französische Mathematiker *Fourier* einen berühmten und wichtigen Satz erwiesen, den man aus der mathematischen Sprache ins Deutsche ungefähr so übersetzen kann: *Jede beliebige Wellenform kann aus einer Anzahl einfacher Wellen von verschiede-*

ner Länge zusammengesetzt werden. Die längste dieser einfachen Wellen hat dieselbe Länge wie die gegebene Wellenform, die anderen die Hälfte, ein Drittel, ein Viertel u. s. w. dieser Länge.

Man kann durch das verschiedene Zusammentreffen der Thäler und Berge dieser einfachen Wellen eine unendliche Mannigfaltigkeit der Formen hervorbringen.

Fig. 9.

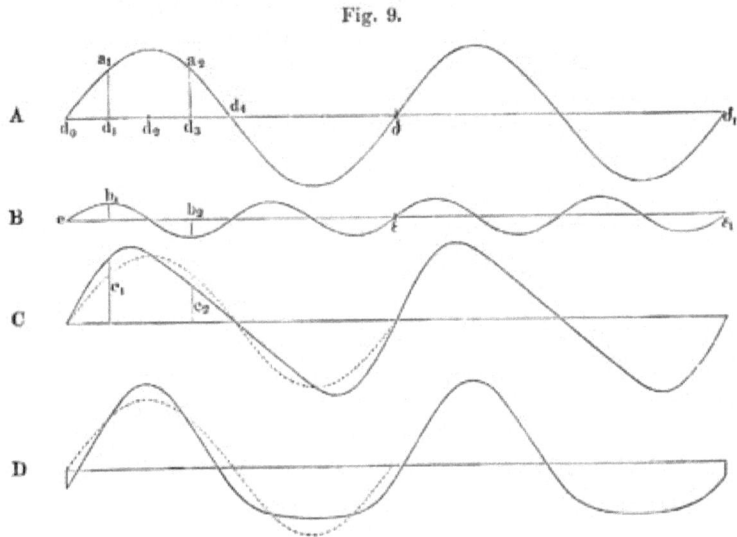

So stellen zum Beispiel die Wellencurven *A* und *B*, Fig. 9, Wellen einfacher Töne vor, von denen *B* in der gleichen Zeit doppelt so viel Schwingungen ausführt als *A*, also der höheren Octave von *A* entspricht. Dagegen stellen **C** und **D** Wellen dar, die durch Uebereinanderlagerung von *A* und *B* entstehen. Die punktirte Curve im Anfange beider Figuren ist eine Wiederholung des Anfangs von *A*. In **C** ist *e*, der Anfang der Curve *B*, auf den Anfang von **A** gelegt, in **D** dagegen das erste Thal b_2, der Curve *B* auf den Anfang von *A*. Dadurch entstehen nun zwei verschiedene zusammengesetzte Curven, von denen die obere steil ansteigende und flacher abfallende Berge hat, deren Gipfel, umgekehrt, gerade in die Thäler passen würden, während *D* spitze Berge und flache Thäler hat, die aber nach vorn und hinten symmetrisch abfallen.

Noch andere Formen zeigt Fig. 10, auch aus je zwei einfachen Wellen **A** und **B** zusammengesetzt, wobei aber **B** in gleicher Zeit drei Mal so viel Schwingungen macht als **A**, also der Duodecime von **A** entspricht. In **C** und **D** sind die punktirten Curven auch Wiederholungen von **A**. **C** hat flache Gipfel und flache Thäler, **D** spitze Gipfel und spitze Thäler.

Fig. 10.

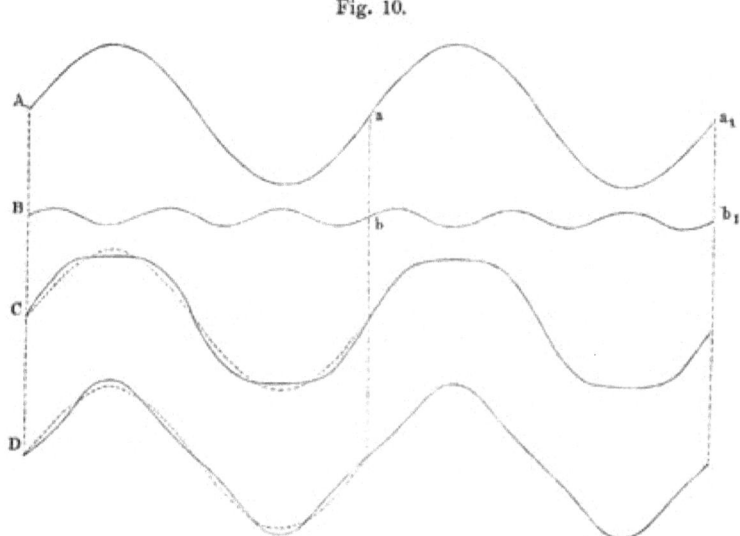

Diese einfachsten Beispiele mögen genügen, um eine Vorstellung von der Mannigfaltigkeit der Formen zu geben, die durch solche Zusammensetzung hergestellt werden können. Wenn man nun nicht zwei, sondern viele einfache Wellen nimmt und deren Höhe und Anfangspunkt beliebig verändert, so kann man zahllose Abänderungen erzielen, und in der That jede beliebige Form von Wellen herstellen.[3]

---

[3] Ueberhängende Theile dürfen die Wellen freilich hierbei nicht haben; solche würden aber auch keine mögliche Bedeutung in den Schallwellen finden. Schlagen wir zum Beispiel eine Saite an, so giebt sie, wie wir schon gesehen haben, einen Klang, dessen Wellenform weit abweicht von der eines einfachen Tones. Indem das Ohr diese Wellenform zerlegt in eine Summe einfacher Wellen, hört es zugleich eine Reihe einfacher Töne, die diesen Wellen entsprechen.

Wenn sich verschiedene einfache Wellen auf der Wasserfläche zusammensetzen, so bleibt freilich die zusammengesetzte Wellenform nur einen Augenblick bestehen, weil die längeren Wellen schneller forteilen als die kürzeren, sie trennen sich also gleich wieder, und das Auge erhält Gelegenheit zu erkennen, dass mehrere Wellenzüge vorhanden sind. Wenn aber Schallwellen in ähnlicher Weise zusammengesetzt sind, so trennen sie sich nicht, weil durch den Luftraum lange und kurze Wellen mit gleicher Geschwindigkeit sich fortpflanzen; die zusammengesetzte Welle bleibt wie sie ist, indem sie fortgeht; wenn sie das Ohr trifft, kann ihr Niemand ansehen, ob sie ursprünglich in dieser Form aus einem musikalischen Instrumente hervorgegangen ist, oder ob sie sich unterwegs aus zwei oder mehreren Wellenzügen zusammengesetzt hat.

Was thut nun das Ohr, löst es sie auf, oder fasst es sie als Ganzes? – Die Antwort darauf kann nach dem Sinne der Frage verschieden ausfallen, denn wir müssen hier Zweierlei unterscheiden. Erstens, die *Empfindung* im Hörnerven, wie sie sich ohne Einmischung geistiger Thätigkeit entwickelt; zweitens, die *Vorstellung*, welche wir uns bilden in Folge dieser Empfindung. Wir müssen also gleichsam unterscheiden: das leibliche Ohr des Körpers und das geistige Ohr des Vorstellungsvermögens. Das leibliche Ohr thut immer genau dasselbe, was der Mathematiker thut vermittelst des *Fourier*'schen Satzes, und was das Clavier mit einer zusammengesetzten Tonmasse thut: es löst die Wellenformen, welche nicht, wie die Stimmgabeltöne, schon ursprünglich der einfachen Wellenform entsprechen, in eine Summe von einfachen Wellen auf; es empfindet den Ton einzeln, welcher einer einfachen Welle zugehört, mag nun die Welle ursprünglich als solche aus der Tonquelle hervorgegangen sein, oder sich erst unterwegs zusammengesetzt haben.

Die Saiten bieten ein besonders günstiges Beispiel für eine solche Untersuchung, weil sie während ihrer Bewegung sehr verschiedene Formen annehmen können, die, wie die Wellenformen der Luft, als aus einfachen Wellen zusammengesetzt, angesehen werden können. Die auf einander folgenden Formen der Bewegung einer mit einem Stäbchen angeschlagenen Saite sind schon oben in Fig. 4 dargestellt worden. Fig. 11 (a. f. S.) zeigt eine Anzahl von anderen Schwingungsformen einer Saite, welche einfachen Tönen entsprechen; die ausgezogene Linie bezeichnet die weiteste Ausbiegung der Saite nach der einen, die punktirte Linie die nach der anderen Richtung hin. Bei *a* giebt die Saite ihren Grundton, den tiefsten einfachen Ton, den sie geben kann, sie schwingt in ganzer Länge bald nach der einen, bald nach der anderen Seite. Bei *b* zerfällt sie in zwei schwingende Abtheilungen, zwischen denen ein ruhender, sogenannter Knotenpunkt ß bleibt; der Ton ist dann die höhere Octave des Grundtones, wie ihn auch jede ihrer beiden Abtheilungen für sich geben würde, und macht doppelt so viele Schwingungen als der Grundton. Bei **C** haben wir zwei Knotenpunkte, drei schwingende Abtheilungen und dreimal so viele Schwingungen als beim Grundton, also die Duodecime von diesem; bei *d* vier Abtheilungen und viermal so viele Schwingungen, die zweite höhere Octave des Grundtones.

Ebenso können nun auch noch Schwingungsformen mit 5, 6, 7 und mehr schwingenden Abtheilungen vorkommen, deren Schwingungszahl im Verhältniss dieser Zahlen grösser ist als die des Grundtones, und alle anderen Schwingungsformen der Saite können betrachtet werden als zusammengesetzt aus einer Summe solcher einfacher Schwingungen.

Alle mit Knotenpunkten versehenen Schwingungsformen der Saite kann man hervorbringen, wenn man in einem der betreffenden Knotenpunkte die Saite leise mit dem Finger oder einem Stäbchen berührt, während man sie, sei es mit dem Bogen, sei es durch Reissen mit dem Finger oder durch Anschlag mit einem Clavierhammer zum Tönen bringt. Es giebt dies die sogenannten Flageolettöne der Saiten , wie sie von Violinspielern vielfach gebraucht werden.

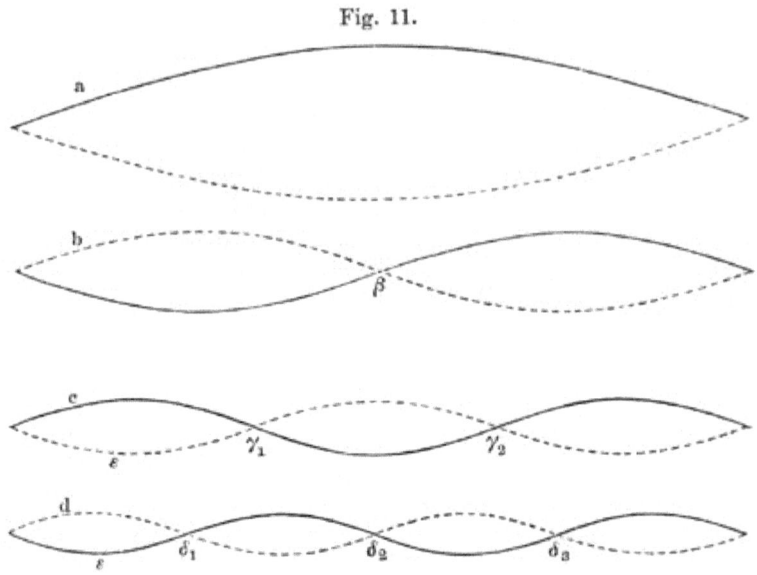

Fig. 11.

Wenn man nun eine Saite irgendwie zum Tönen gebracht hat, und sie dann einen Augenblick leicht mit dem Finger bei *ß* Fig. 11 *b* in ihrem Mittelpunkte berührt, so werden die Schwingungsformen a und *c* durch diese Berührung gehindert und gedämpft, die Schwingungsformen *b* und *d* aber, bei denen der Punkt *ß* ruht, werden durch die Berührung nicht gehemmt, sondern fahren fort zu tönen. So kann man leicht erkennen, ob gewisse Glieder aus der Reihe der einfachen Töne einer Saite bei einer gegebenen Anschlagsweise in deren Klang enthalten sind, und kann sie dem Ohre einzeln hörbar machen.

Hat man diese einfachen Töne aus dem Klange der Saite in solcher Weise einzeln hörbar gemacht, so gelingt es bei genauer Aufmerksamkeit auch bald , sie in dem unveränderten Klange der ganzen Saite zu Unterscheiden.

Die Reihe der Töne, welche sich hierbei zu einem gegebenen Grundton gesellen, ist übrigens eine ganz bestimmte; es sind die Töne, welche zwei, drei, vier und mehr Mal so viele Schwingungen machen als der Grundton. Man nennt sie die *harmonischen Obertöne* des Grundtones. Nennen wir den letzteren C, so wird ihre Reihe in Notenschrift, wie folgt, gegeben.

Wie die Saiten, so geben fast alle anderen musikalischen Instrumente Tonwellen, die nicht genau der reinen Wellenform entsprechen, sondern sich aus einer grösseren oder geringeren Zahl von einfachen Wellen zusammensetzen. Das Ohr analysirt sie alle nach dem *Fourier*'schen Satze, trotz dem besten Mathematiker, und hört bei gehöriger Aufmerksamkeit die, den einzelnen einfachen Wellen entsprechenden, Obertöne heraus. Dies entspricht auch ganz unserer Annahme über das Mitschwingen der *Corti*'schen Organe. Es lehrt nämlich sowohl die Erfahrung am Claviere, als auch die mathematische Theorie für alle mittönenden Körper, dass nicht bloss der Grundton, sondern ebenso die vorhandenen Obertöne des erregenden Tones das Mitschwingen bewirken. Daraus folgt, dass auch in der Schnecke des Ohres jeder äussere Ton nicht bloss das seinem Grundton entsprechende Plättchen und die zugehörigen Nervenfasern in Mitschwingung setzen, sondern dass er auch diejenigen Theile, welche den Obertönen entsprechen, erregen wird, so dass letztere ebenso gut empfunden werden müssen als der Grundton.

Danach ist ein einfacher Ton ein solcher, der durch einen Wellenzug von der reinen Wellenform erregt wird. Alle anderen mehrfachen Tonempfindungen, wie sie von den meisten musikalischen Instrumenten hervorgebracht werden, sind von anderen Wellenformen erregt.

Daraus folgt, dass, streng genommen, für die Empfindung alle Töne der musikalischen Instrumente als Accorde mit vorwiegendem Grundton zu betrachten sind.

Diese ganze Lehre von den Obertönen wird Ihnen vielleicht neu und seltsam vorkommen. Die Wenigsten unter Ihnen, so oft Sie auch Musik gehört oder selbst gemacht haben, und eines so guten musikalischen Gehörs Sie sich auch erfreuen, werden dergleichen

Töne schon wahrgenommen haben, die nach meiner Darstellung fortdauernd und immer vorhanden sein sollen. Es ist in der That immer ein besonderer Act der Aufmerksamkeit nothwendig, um sie zu hören, sonst bleiben sie verborgen. Alle unsere sinnlichen Wahrnehmungen sind nämlich nicht bloss Empfindungen der Nervenapparate, sondern es gehört noch eine eigenthümliche Thätigkeit der Seele dazu, um von der Empfindung des Nerven aus zu der Vorstellung desjenigen äusseren Ohjectes zu gelangen, welches die Empfindung erregt hat. Die Empfindungen unserer Sinnesnerven sind uns Zeichen für gewisse äussere Objecte, und wir lernen zum grossen Theil erst durch Einübung die richtigen Schlüsse von den Empfindungen auf die entsprechenden Objecte zu ziehen. Nun ist es ein allgemeines Gesetz aller unserer Sinneswahrnehmungen, dass wir nur so weit auf unsere Sinnesempfindungen achten, als sie uns dazu dienen können, die äusseren Objecte zu erkennen; wir sind in dieser Beziehung Alle, mehr als wir vermuthen, höchst einseitige und rücksichtslose Anhänger des praktischen Nutzens. Alle Empfindungen, welche nicht directen Bezug auf äussere Objecte haben , pflegen wir im gewöhnlichen Gebrauche der Sinne vollständig zu ignoriren , und erst bei der wissenschaftlichen Untersuchung der Sinnesthätigkeit werden wir darauf aufmerksam, oder auch bei Krankheiten, wo wir unsere Aufmerksamkeit mehr auf die Erscheinungen unseres Körpers richten. Wie oft bemerken Patienten erst dann, wenn sie von einer leichten Augenentzündung befallen sind, dass ihnen Körnchen und Fäserchen, sogenannte fliegende Mücken, im Auge herumschwimmen, und machen sich hypochondrische Gedanken darüber, weil sie für neu halten, was sie meistens während ihres ganzen Lebens schon vor den Augen gehabt haben.

Wer bemerkt so leicht, dass im Gesichtsfelde jedes gesunden Auges eine Stelle vorkommt, wo man gar nichts sieht, der sogenannte blinde Fleck? Wie viele Leute wissen davon, dass sie fortdauernd nur die Gegenstände, welche sie fixiren, einfach sehen, alles was dahinter oder davor liegt, doppelt? Ich könnte Ihnen eine lange Reihe solcher Beispiele aufführen, welche erst durch die wissenschaftliche Untersuchung der Sinnesthätigkeiten zu 'tage gekommen sind, und welche hartnäckig verborgen bleiben, bis man durch geeignete Mittel die Aufmerksamkeit auf sie lenkt, was oft ein recht schwieriges Geschäft ist.

In dieselbe Classe von Erscheinungen gehören die Obertöne. Es ist nicht genug, dass der Hörnerv den Ton empfindet; die Seele muss auch noch darauf reflectiren; ich unterschied deshalb vorher das leibliche und das geistige Ohr.

Wir hören den Ton einer Saite immer begleitet von einer gewissen Combination von Obertönen. Eine andere Combination solcher Töne gehört zum Ton der Flöte, eine andere zu dem der menschlichen Stimme, oder zum Heulen des Hundes. Ob eine Violine, eine Flöte, ob ein Mensch oder ein Hund in der Nähe sei, interessirt uns zu wissen, und unser Ohr übt sich, die Eigenthümlichkeiten dieser Töne genau zu unterscheiden. Durch *welche Mittel* wir sie aber unterscheiden, ist uns gleichgültig.

Ob die Stimme des Hundes die höhere Octave oder die Duodecime des Grundtones enthält, ist ohne praktisches Interesse, und bildet kein Object für unsere Aufmerksamkeit. So gehen uns die Obertöne in die nicht näher zu bezeichnenden Eigenthümlichkeiten des Tones auf, die wir *Klangfarbe* nennen. Da die Existenz der Obertöne von der *Wellenform* abhängt, sehen Sie auch, warum ich vorher sagen konnte, dass die *Klangfarbe* der *Wellenform* entspricht.

Am leichtesten hört man die Obertöne, wenn sie unharmonisch zum Grundtone sind, wie bei den Glocken. Die Kunst des Glockengusses besteht namentlich darin, der Glocke eine Form zu geben, bei welcher die tieferen und stärkeren Nebentöne harmonisch zum Grundtone werden, sonst klingt der Ton unmusikalisch, kesselähnlich; die höheren Töne bleiben jedoch immer unharmonisch, und der Glockenton ist deshalb zur künstlerischen Musik nicht geeignet.

Dagegen ergiebt sich aus dem Gesagten, dass man die Obertöne desto schwerer hören wird, je häufiger man die zusammengesetzten Klänge gehört hat, in denen sie vorkommen. Das ist namentlich bei den Klängen der menschlichen Stimme der Fall, nach deren Obertönen viele und geschickte Beobachter vergebens gesucht haben.

In überraschender Weise wurde die eben vorgetragene Ansicht der Sache dadurch bestätigt, dass sich aus ihr eine Methode herleiten liess, durch welche es mir gelang, nicht nur die Obertöne der menschlichen Stimme zu hören, sondern auch sie für andere Personen hörbar zu machen.

Es kommt dabei nicht, wie man bisher glaubte, auf ein besonders ausgebildetes musikalisches Gehör, sondern nur darauf an, dass man die Aufmerksamkeit durch geeignete Mittel passend lenke. Lassen Sie neben dem Claviere durch eine kräftige Männerstimme den Vocal O auf das ungestrichene es singen. Geben Sie ganz leise auf dem Claviere das b der nächst höheren eingestrichenen Octave an, und hören Sie genau auf den verklingenden Clavierton. Ist der angegebene Ton als Oberton in dem Stimmklang enthalten, so schwindet der Clavierton scheinbar nicht, sondern das Ohr hört, als seine Fortsetzung, den entsprechenden Oberton der Stimme. So findet man bei passenden Abänderungen dieses Versuches, dass die verschiedenen Vocale sich durch ihre Obertöne von einander unterscheiden.

Noch leichter ist eine solche Untersuchung, wenn man das Ohr mit Kugeln aus Glas oder Metall bewaffnet, wie sie Fig. 12 zeigt. Deren weitere Oeffnung a wird gegen die Tonquelle hingekehrt, während das engere trichterförmige Ende b in den Gehörgang eingesetzt wird.

Fig. 12.

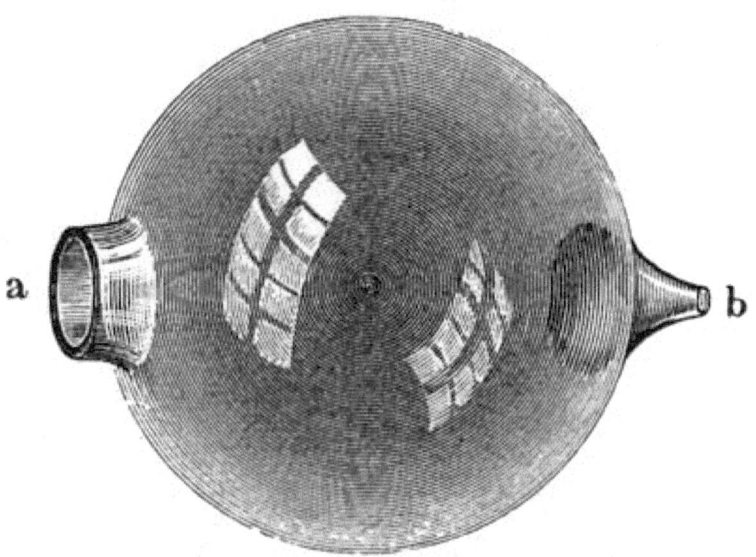

a

b

Die ziemlich abgeschlossene Luftmasse der Kugel hat ihren bestimmten Eigenton, der z. B. zum Vorschein kommt, wenn man sie am Rande der Oeffnung a anbläst. Wird nun der Eigenton der Kugel aussen angegeben, sei es als Grundton, sei es als Oberton irgend eines Klanges, so kommt die Luftmasse der Kugel in starkes Mitschwingen, und das mit diese Luftmasse verbundene Ohr hört den betreffenden Ton in verstärkter Intensität. So ist es sehr leicht zu entscheiden, ob der Eigenton der Kugel in einem Klange oder einer Klangmasse vorkommt oder nicht.

Untersucht man die Vocale der menschlichen Stimme, so erkennt man mit Hülfe der Resonatoren leicht, dass die Obertöne jedes einzelnen Vocales in gewissen Gegenden der Scala besonder stark sind; so zum Beispiel die des O in der Gegend des ein gestrichenen b', die des A in der des zweigestrichenen b", eine Octave höher. Eine Uebersicht dieser Gegenden der Scala, wo die Obertöne der einzelnen Vocale besonders stark zum Vorschein kommen, folgt hier in Notenschrift:

$$U \quad O \quad A \quad \ddot{A} \quad E \quad I \quad \ddot{O} \quad \ddot{U}$$

Folgender leicht anzustellender Versuch zeigt, wie gleichgültig es ist, ob eine oder mehrere Tonquellen die verschiedenen einfachen Töne hervorbringen, welche in einem Vocal der menschlichen Stimme vereinigt sind: Ein Clavier giebt bei gehobenem Dämpfer nicht bloss die Klänge durch Mitklingen wieder, die dieselbe Höhe haben, wie diejenigen, denen es nachklingt, sondern wenn Sie den Vocal **A** auf irgend eine Note des Claviers hinein-singen, so tönt auch ganz deutlich **A** wieder heraus, und singen Sie **E**, **O** oder **U** hinein, so klingen die Saiten **E**, **O** und **U** nach. Es kommt nur darauf an, dass Sie den Ton des Claviers, den Sie singen wollen, recht genau treffen. Der Vocalklang kommt aber nur dadurch zu Stande, dass die höheren Saiten, welche den harmonischen Obertönen des angegebenen Tones entsprechen, mitklingen. Lassen Sie den Dämpfer auf den Saiten ruhen, so gelingt der Versuch nicht.

So werden bei diesem Versuche durch den Ton einer Tonquelle, nämlich der Stimme, die Töne vieler Saiten erregt, und diese bringen dadurch eine Luftbewegung hervor, die in Form, also auch in Klangfarbe, der des einfachen Tones gleich ist.

Wir haben bisher nur von Zusammensetzungen von Wellen verschiedener Länge gesprochen. Jetzt wollen wir Wellen gleicher Länge, die in gleicher Richtung fortgehen, zusammensetzen. Das Resultat wird hier ganz verschieden sein, je nachdem die Berge der einen mit den Bergen der anderen zusammentreffen, wobei Berge von doppelter Höhe und Thäler von doppelter Tiefe entstehen, oder Berge der einen mit *Thälern* der anderen. Wenn beide Wellenzüge gleiche Höhe haben, so dass die Berge gerade hinreichen, die Thäler auszufüllen, so werden im letzten Falle Berge und Thäler gleichzeitig verschwinden, die beiden Wellen werden sich gegenseitig zerstören. Ebenso wie zwei Wasserwellenzüge, können sich auch zwei

Schallwellenzüge gegenseitig zerstören, wenn die verdichteten Theile des einen mit den verdünnten des anderen zusammenfallen. Diese merkwürdige Erscheinung, wobei Schall den Schall gleicher Art zerstört, nennt man die *Interferenz* des Schalles.

Mit der früher beschriebenen Sirene lässt sie sich leicht nachweisen ; wenn man den oberen Kasten derselben so stellt, dass aus beiden Windkästen die Luftstösse der Reihen von 12 Löchern gleichzeitig hervorbrechen, so verstärken sie gegenseitig ihre Wirkung, und man bekommt den Grundton des betreffenden Sirenentones sehr voll und stark; stellt man aber den oberen Windkasten so, dass die Luftstösse von oben erfolgen, wenn die untere Löcherreihe gedeckt ist, und umgekehrt, so verschwindet der Grundton, und man hört nur noch schwach den ersten Oberton, der eine Octave höher ist, und welcher unter diesen Umständen durch Interferenz nicht zerstört wird.

Die Interferenz führt uns zu den sogenannten Schwebungen der Töne. Wenn zwei gleichzeitig gehörte Töne *genau* gleiche Schwingungsdauer haben, und im Anfang ihre Wellenberge zusammenfallen, so werden sie auch fortdauernd zusammenfallen; wenn sie jedoch anfangs nicht zusammenfielen, so werden sie auch bei längerer Dauer nicht zusammenfallen.

Die beiden Töne werden sich entweder fortdauernd verstärken, oder fortdauernd schwächen. Wenn die beiden Töne aber nur *annähernd* gleiche Schwingungsdauer haben, und ihre Wellenberge anfangs zusammenfallen, so dass sie sich verstärken, so werden allmählich die Berge des einen denen des anderen voreilen. Es werden Zeiten kommen, wo die Berge des einen in die Thäler des anderen fallen; andere Zeiten, wo die voreilenden Wellenberge des ersten Tones Berge des anderen erreichen, und dies giebt sich kund durch abwechselnde Steigerungen und Schwächungen des Tones, die wir *Schwebungen* oder Stösse der Töne nennen. Man kann dergleichen Schwebungen oft hören, wenn zwei nicht ganz genau im Einklange befindliche Tonwerkzeuge dieselbe Note angeben. Ein verstimmtes Clavier, bei dem die zwei oder drei Saiten, die von derselben Taste angeschlagen werden, nicht mehr genau zusammenstimmen, lässt sie deutlich hören. Recht langsam und regelmässig erfolgende Schwebungen klingen in getragener Musik, namentlich in mehrstimmigem Kirchengesang, oft sehr schön, indem sie bald majestätischen Wogen gleich durch die hohen Gewölbe hinziehen, bald durch ein leichtes Beben dem Tone den Charakter der Inbrunst und Rührung verleihen. Je grösser die Differenz der Schwingungsdauer, desto schneller werden die Schwebungen. So lange nicht mehr als vier bis sechs Schwebungen in der Secunde erfolgen, fasst das Ohr die abwechselnden Verstärkungen des Tones leicht einzeln auf. Bei noch kürzeren Schwebungen erscheint der Ton knarrend, oder, wenn er hoch ist, schrill. Ein knarrender Ton ist ein durch schnelle Unterbrechungen getheilter Ton, ähnlich dem Buchstaben *R*, der dadurch entsteht, dass wir den Ton der Stimme durch Zitttern des Gaumens oder der Zunge unterbrechen.

Werden die Schwebungen immer schneller, so wird es dem Ohre zunächst schwerer, sie einzeln zu hören, während noch eine Rauhigkeit des Tones bestehen bleibt. Zuletzt werden sie ganz unwahrnehmbar, , und verfliessen, wie die einzelnen Luftstösse, die einen Ton zusammensetzen, in eine continuirliche Tonempfindung[4]

Während also jeder einzelne musikalische Ton für sich im Hörnerven eine gleichmässig anhaltende Empfindung hervorbringt, stören sich zwei ungleich hohe Töne gegenseitig und zerschneiden sich in einzelne Tonstösse, die im Hörnerven eine discontinuirliehe Erregung hervorbringen. Sie sind für das Ohr ebenso unangenehm, wie ähnliche intermittirende und schnell wiederholte Reizungen für andere empfindliche Organe, z. B. flackerndes, glitzerndes Licht für das Auge, oder das Kratzen einer Bürste für die Haut. Diese Rauhigkeit des Tones ist der wesentliche Charakter der Dissonnanz. Am unangenehmsten ist sie dem Ohre, wenn die beiden Töne ungefähr um einen halben Ton aus einander stehen, wobei die Töne der mittleren Gegend der Scala etwa 20 bis 40 Stösse in der Secunde geben. Bei dem Unterschiede eines ganzen Tones ist die Rauhigkeit geringer, bei einer Terz pflegt sie, wenigstens in den höheren Lagen der Tonleiter, zu verschwinden. Die Terz kann daher als Consonanz erscheinen. Auch wenn die Grundtöne so weit von einander entfernt sind, dass sie keine hörbaren Schwebungen mehr hervorbrin-

---

[4] Der Uebergang der Schwebungen in eine rauhe Dissonanz wurde mittelst zweier Orgelpfeifen ausgeführt, von denen die eine allmählich mehr und mehr verstimmt wurde.

gen, so können noch Schwebungen der Obertöne eintreten und den Klang rauh machen. Wenn z. B. zwei Töne eine Quinte bilden, d. h. der eine zwei, der andere drei Schwingungen in gleicher Zeit vollendet, so haben beide unter ihren Obertönen einen Ton, der in derselben Zeit sechs Schwingungen macht. Ist nun das Verhältniss der Grundtöne genau 2 zu 3, so sind auch die beiden Obertöne von sechs Schwingungen genau gleich, und stören die Harmonie der Grundtöne nicht; ist jenes Verhältniss nur angenähert wie 2 zu 3, so sind die beiden Obertöne nicht genau gleich, sondern es entstehen Schwebungen und der Ton wird rauh.

Die Gelegenheit, solche Schwebungen unreiner Quinten, die übrigens nur langsam dahin wogen, zu hören, ist sehr häufig, weil auf dem Clavier und der Orgel bei unserem jetzigen Stimmungssystem alle Quinten unrein sind. Bei richtig gelenkter Aufmerksamkeit, oder besser noch mit Hülfe eines passend gestimmten Resonators erkennt man leicht, dass der bezeichnete Oberton wirklich in Schwebung begriffen ist. Die Schwebungen sind natürlich schwächer als die der Grundtöne, weil die schwebenden Obertöne schwächer sind. Wenn wir auch meistens nicht zum klaren Bewusstsein dieser schwebenden Obertöne kommen, so empfindet doch das Ohr ihre Wirkung als eine Ungleichförmigkeit oder Rauhigkeit des Gesammttones, während eine vollkommen reine Quinte, für deren Töne das Verhältniss der Schwingungszahlen genau wie 2 zu 3 ist, vollkommen gleichmässig fortklingt, ohne irgend welche Veränderungen, Verstärkungen, Schwächungen oder Rauhigkeiten des Tones. Es ist schon vorher erwähnt worden, dass der vollkommenste Zusammenklang der Quinte genau dem genannten Verhältnisse der Schwingungszahlen entspricht, und die Sirene zeigt dies in sehr einfacher Weise; hier haben wir auch den Grund der Rauhigkeit kennen gelernt, welche durch jede Abweichung von diesem Verhältnisse hervorgebracht wird.

Ebenso klingen uns Töne, deren Schwingungszahlen sich genau wie 3 zu 4, oder wie 4 zu 5 zu einander verhalten – welche also eine reine Quarte oder reine Terz bilden – besser als solche, die von diesem Verhältnisse etwas abweichen. Es gehören also zu einem gegebenen Tone als Grundton ganz genau' bestimmte andere Tonstufen, die, ohne eine Ungleichmässigkeit oder Rauhigkeit des Tones hervorzubringen, mit ihm zusammenklingen können, oder die wenigstens durch ihren Zusammenklang mit dem ersten Tone eine geringere Rauhigkeit hervorbringen als alle etwas grösseren oder etwas kleineren Tonintervalle.

Dadurch ist es bedingt, dass die neuere Musik, welche sich wesentlich auf die Harmonie consonirender Töne aufbaut, gezwungen ist, in ihrer Scala nur gewisse, genau bestimmte, Tonstufen zu gebrauchen. Aber auch für die ältere einstimmige Musik, welche der Harmonie entbehrt, lässt sich nachweisen, dass Fortschritte in gewissen bestimmten Intervallen bevorzugt werden mussten, wegen der in allen musikalischen Klängen enthaltenen Obertöne, und dass durch einen gemeinsam in zwei Tönen einer Melodie enthaltenen Oberton eine gewisse, dem Ohre fühlbare, Verwandtschaft dieser Töne entsteht, welche ein künstlerisches Verbindungsmittel derselben bildet. Doch ist die Zeit zu knapp, dies hier weiter auszuführen; wir würden dabei genöthigt sein, weit in die Geschichte der Musik zurückzugehen.

Erwähnt sei nur, dass noch eine andere Art von Beitönen besteht, die *Combinationstöne*, welche nur gehört werden, wenn zwei oder mehrere starke Töne verschiedener Höhe zusammenklingen, und dass auch diese unter Umständen Schwebungen und Rauhigkeiten des Zusammenklanges hervorbringen können. Wenn man auf der Sirene mit vollkommen rein gestimmten Orgelpfeifen, oder auf der Violine die Terz c' e' (Schwingungsverhältniss 4:5) angiebt, so hört man gleichzeitig schwach das C als Combinationston erklingen, welches zwei Octaven tiefer ist, als c'. Dasselbe C erklingt auch, wenn man gleichzeitig die Töne e' und g' (Schwingungsverhältniss 5:6) angiebt.

Giebt man nun die drei Töne c', e' und g' gleichzeitig an, und ist ihr Verhältniss genau wie 4:5:6, so hat man zweimal den Combinationston C in vollkommenem Einklange und ohne Schwebungen. Wenn aber die drei Noten nicht ganz genau so gestimmt sind, wie es jenes Zahlenverhältniss fordert, so sind die beiden Combinationstöne C etwas verschieden und geben leise Schwebungen.

Die Combinationstöne sind in der Regel viel schwächer als die Obertöne, ihre Schwebungen deshalb viel weniger merkbar und rauh, als die der Obertöne, so dass sie nur bei solchen Klangfarben in Betracht kommen, welche fast gar keine Obertöne haben, wie bei den gedackten Pfeifen der Orgel und bei den Flöten. Aber es ist unverkennbar, dass eine harmonische Musik, die mit solchen Instrumenten ausgeführt wird, kaum einen Unterschied zwischen Harmonie und Disharmonie bietet, und dass sie eben deshalb unserem Ohre charakterlos und weichlich klingt. Alle guten musikalischen Klangfarben sind verhältnissmässig reich an Obertönen, namentlich an den fünf ersten Obertönen, welche Octaven, Quinten und Terzen des Grundtones bilden. In den Mixturen der Orgel setzt man der Hauptpfeife absichtlich Nebenpfeifen hinzu, welche der Reihe der harmonischen Obertöne in der den Hauptton gebenden Pfeife entsprechen, um eine durchdringendere und kräftigere Klangfarbe zur Begleitung des Gemeindegesanges zu erhalten. Auch hierbei ist unverkennbar, welche wichtige Rolle die Obertöne bei der künstlerischen Wirkung der Musik spielen.

So sind wir also zum Kern der Harmonielehre vorgedrungen. Harmonie und Disharmonie scheiden sich dadurch, dass in der ersteren die Töne neben einander so gleichmässig abfliessen, wie jeder einzelne Ton für sich, während in der Disharmonie Unverträglichkeit stattfindet, und die Töne sich gegenseitig in einzelne Stösse zertheilen. Man wird einsehen, dass zu diesem Resultate alles früher Besprochene zusammenwirkt. Zunächst beruht das Phänomen der Stösse oder Schwebungen auf Interferenz der Wellenbewegung; es konnte deshalb dem Schalle nur darum zukommen, weil er eine Wellenbewegung ist. Andererseits war für die Feststellung der consonirenden Intervalle die Fähigkeit des Ohres, Obertöne empfinden und zusammengesetzte Wellensysteme nach dem Fourier'schen Satze in einfache auflösen zu können, nothwendig. Dass bei den musikalisch brauchbaren Tönen die Obertöne zum Grundtone im Verhältnisse der ganzen Zahlen zu Eins stehen, und dass die Schwingungsverhältnisse der harmonischen Intervalle deshalb den kleinsten ganzen Zahlen entsprechen, beruht ganz in dem Fourier'schen Satze. Wie wesentlich die genannte physiologische Eigenthümlichkeit des Ohres ist, wird namentlich klar, wenn wir es mit dem Auge vergleichen. Auch das Licht ist eine Wellenbewegung eines besonderen, durch den Weltraum verbreiteten Mittels, des Lichtäthers; auch das Licht zeigt die Erscheinungen der Interferenz. Auch das Licht hat Wellen von verschiedener Schwingungsdauer, die das Auge als verschiedene Farben empfindet, z. B. die mit grösster Schwingungsdauer als Roth; dann folgen die Farben Orange, Gelb, Grün, Blau und Violett, dessen Schwingungsdauer etwa halb so gross ist, als die des äussersten Roth. Aber das Auge kann zusammengesetzte Lichtwellensysteme, d. h. zusammengesetzte Farben nicht von einander scheiden; es empfindet sie in einer nicht aufzulösenden, einfachen Empfindung, der einer Mischfarbe. Es ist ihm deshalb gleichgültig, ob in der Mischfarbe Grundfarben von einfachen oder nicht einfachen Schwingungsverhältnissen vereinigt sind. Es hat keine Harmonie in dem Sinne wie das Ohr; es hat keine Musik.

Die Aesthetik sucht das Wesen des künstlerisch Schönen in seiner unbewussten Vernunftmässigkeit. Ich habe Ihnen heute das verborgene Gesetz, das den Wohlklang der harmonischen Tonverbindungen bedingt, aufzudecken gesucht. Es ist recht eigentlich ein unbewusstes, so weit es in den Obertönen beruht, die zwar vom Nerven empfunden werden, gewöhnlich jedoch nicht in das Gebiet des bewussten Vorstellens eintreten ; deren Verträglichkeit oder Unverträglichkeit jedoch gefühlt wird, ohne dass der Hörer wüsste, wo der Grund seines Gefühles liegt.

Die Erscheinungen des rein sinnlichen Wohlklanges sind freilich erst der niedrigste Grad des musikalisch Schönen. Für die höhere, geistige Schönheit der Musik sind Harmonie und Disharmonie nur Mittel, aber wesentliche und mächtige Mittel. In der Disharmonie fühlt sich der Hörnerv von den Stössen unverträglicher Töne gequält; er sehnt sich nach dem reinen Abfluss der Töne in der Harmonie, und drängt zu ihr hin, um in ihr besänftigt zu verweilen. So treiben und beruhigen beide abwechselnd den Fluss der Töne, in dessen unkörperlicher Bewegung das Gemüth ein Bild der Strömung seiner Vorstellungen und Stimmungen schaut. Aehnlich wie beim Anblick der wogenden See wird es hier durch die rhythmisch sich wiederholende und doch immer wechselnde Weise der Bewegung gefesselt und mit ihr fortgetragen. Aber während dort die mechanischen Naturkräfte nur blind walten, und darum in der Stimmung des Anschauenden schliesslich der Eindruck des Wüsten überwiegt, so folgt in dem musikalischen Kunstwerk die Bewegung den Strömungen der erregten Seele des Künstlers. Bald sanft dahin fliessend, bald anmuthig hüpfend, bald heftig aufgeregt, von den Naturlauten der Leidenschaft durchzuckt oder gewaltig arbeitend, überträgt der Fluss der Töne ungeahnte Stimmungen, die der Künstler seiner eigenen Seele abgelauscht hat, in ursprünglicher Lebendigkeit in die Seele des Hörers, um ihn endlich in den Frieden ewiger Schönheit emporzutragen, zu dessen Verkündern unter den Menschen die Gottheit nur wenige ihrer erwählten Lieblinge geweiht hat.

Hier aber sind die Grenzen der Naturforschung und gebieten mir Halt.

Über tredition

Eigenes Buch veröffentlichen

tredition wurde 2006 in Hamburg gegründet und hat seither mehrere tausend Buchtitel veröffentlicht. Autoren veröffentlichen in wenigen leichten Schritten gedruckte Bücher, e-Books und audio-Books. tredition hat das Ziel, die beste und fairste Veröffentlichungsmöglichkeit für Autoren zu bieten.

tredition wurde mit der Erkenntnis gegründet, dass nur etwa jedes 200. bei Verlagen eingereichte Manuskript veröffentlicht wird. Dabei hat jedes Buch seinen Markt, also seine Leser. tredition sorgt dafür, dass für jedes Buch die Leserschaft auch erreicht wird.

Im einzigartigen Literatur-Netzwerk von tredition bieten zahlreiche Literatur-Partner (das sind Lektoren, Übersetzer, Hörbuchsprecher und Illustratoren) ihre Dienstleistung an, um Manuskripte zu verbessern oder die Vielfalt zu erhöhen. Autoren vereinbaren direkt mit den Literatur-Partnern die Konditionen ihrer Zusammenarbeit und partizipieren gemeinsam am Erfolg des Buches.

Das gesamte Verlagsprogramm von tredition ist bei allen stationären Buchhandlungen und Online-Buchhändlern wie z. B. Amazon erhältlich. e-Books stehen bei den führenden Online-Portalen (z. B. iBookstore von Apple oder Kindle von Amazon) zum Verkauf.

Einfach leicht ein Buch veröffentlichen: **www.tredition.de**

Eigene Buchreihe oder eigenen Verlag gründen

Seit 2009 bietet tredition sein Verlagskonzept auch als sogenanntes "White-Label" an. Das bedeutet, dass andere Unternehmen, Institutionen und Personen risikofrei und unkompliziert selbst zum Herausgeber von Büchern und Buchreihen unter eigener Marke werden können. tredition übernimmt dabei das komplette Herstellungs- und Distributionsrisiko.

Zahlreiche Zeitschriften-, Zeitungs- und Buchverlage, Universitäten, Forschungseinrichtungen u.v.m. nutzen diese Dienstleistung von tredition, um unter eigener Marke ohne Risiko Bücher zu verlegen.

Alle Informationen im Internet: **www.tredition.de/fuer-verlage**

tredition wurde mit mehreren Innovationspreisen ausgezeichnet, u. a. mit dem Webfuture Award und dem Innovationspreis der Buch Digitale.

tredition ist Mitglied im Börsenverein des Deutschen Buchhandels.

Dieses Werk elektronisch lesen

Dieses Werk ist Teil der Gutenberg-DE Edition DVD. Diese enthält das komplette Archiv des Projekt Gutenberg-DE. Die DVD ist im Internet erhältlich auf **http://gutenbergshop.abc.de**

Zeitfracht Medien GmbH
Ferdinand-Jühlke-Straße 7
99095 Erfurt, Deutschland
produktsicherheit@kolibri360.de